O silêncio dos macacos

DeLeitura

Roteiros DeLeitura

Para escolas e educadores, a editora oferece um roteiro de atividades especialmente criado para cada obra – que pode ser baixado através do site www.aquariana.com.br.

Coleção CONTOS MÁGICOS

O silêncio dos macacos

e outros contos africanos

Texto e adaptação
FERNANDO ALVES

1ª edição
São Paulo/2012

**TEXTO DE ACORDO COM
A NOVA ORTOGRAFIA**

Copyright © 2011 Editora Aquariana Ltda.

Coordenação editorial: Sonia Salerno Forjaz
Projeto gráfico: Antonieta Canelas
Revisão: Tatiana Costa
Editoração eletrônica: Samuel de Jesus Leal
Capa | Ilustração: Niky Venâncio
Arte-final: Niky Venâncio

DeLeitura é um selo da Editora Aquariana Ltda.

Coleção Contos Mágicos

CIP – Brasil – Catalogação na Fonte
Sindicato Nacional dos Editores de Livros, RJ

S576

Forjaz, Sonia Salerno
    O silencio dos macacos e outros contos africanos / texto e adaptação Fernando Alves. São Paulo : Aquariana, 2011.
    128p. (Contos mágicos)

    ISBN: 978-85-7217-144-1

    1. Antologias (Conto africano). I. Alves, Fernando. II. Forjaz, Sonia Salerno. III. Série.

11-5106.   CDD: 869.899673
                                  CDU: 821.134.3(67)-3(082)

04.02.09   09.02.09   010881

Direitos reservados:
EDITORA AQUARIANA LTDA.
Rua Lacedemônia, 87, S/L – Jd. Brasil
04634-020 São Paulo - SP
Tel.: (11) 5031.1500 / Fax: 5031.3462
vendas@aquariana.com.br
www.aquariana.com.br

Sumário

Prefácio, 11

Origem, 15
(*Botswana, África do Sul*)

Criação, 19
(*Namíbia, Botswana e África do Sul*)

A esperteza do chacal, 21
(*Namíbia, África do Sul*)

A roupa nova da zebra, 25
(*Namíbia*)

O órix e o avestruz, 29
(*Angola, Namíbia*)

Vestido de búfalo, 33
(*Chade*)

Duas grandes luzes, 37
(*Senegal*)

Sona Mariama, 41
(*Senegal*)

Kintu, 49
(*Uganda*)

A serpente cósmica, 53
(*Benin, Togo*)

O novo povo, 55
(*Benin*)

Tihua, 59
(*Benin, Togo, Nigéria*)

Anansi, 63
(*Gana*)

O silêncio dos macacos, 65
(*Camarões, Gabão, Guiné Equatorial*)

A rã, a truta e o caranguejo, 71
(*Guiné Equatorial*)

A vaca e a mosca, 75
(*Nigéria*)

O gala-gala e a hiena, 79
(*Moçambique*)

A vantagem do macaco, 83
(*África do Sul*)

Coração-sozinho, 87
(*Moçambique*)

O corvo e o coelho, 89
(*Moçambique*)

A palmeira do deserto, 91
(*Marrocos, Saara Ocidental, Argélia,
Tunísia, Líbia, Mauritânia*)

O leão peregrino, 95
(*Tunísia*)

Fale menos!, 99
(*Tunísia*)

O touro roubado, 103
(*Marrocos, Saara Ocidental, Argélia,
Tunísia, Líbia, Mauritânia*)

O nascimento da morte, 109
(*Quênia, Tanzânia*)

A lenda do café, 111
(*Etiópia*)

Ole Partukei, 115
(*Quênia, Tanzânia*)

Prefácio

Este livro nasceu da soma de fatores diversos. O primeiro deles – o mais importante – foi o desejo de um editor africano, radicado no Brasil há décadas, de contribuir para a disseminação da cultura de seu continente natal entre os brasileiros. O segundo fator foi a necessidade: no momento em que se descobre o universo africano no Brasil, é parca a literatura a esse respeito. Um terceiro fator a destacar é uma paixão antiga: convidado a reunir contos populares africanos em um volume, o autor – sim, eu mesmo! – enxergou com enorme alegria a possibilidade de mergulhar em um tema que o fascina desde a infância: a África.

Nunca antes o Brasil e a África estiveram tão próximos como na primeira década do século XXI, tempo em que foi definitivamente cimentada a importância do elemento africano na formação da nação brasileira. Ainda que pensadores como Gilberto Freyre, para citar um nome apenas (talvez o mais importante) destacassem o caráter essencial do traço africano no povo do

Brasil, o preconceito e a ignorância escondiam sempre sua enorme importância.

O que é melhor do que a literatura para introduzir o jovem brasileiro, a quem essa antologia de contos se destina (não exclusivamente, já que leitores de todas as idades aproveitarão sua leitura), na cultura africana? "– A música!", o leitor mais rápido poderia responder. É verdade, a música é também um gênero artístico fortíssimo. Mas é a literatura que permite que o leitor estabeleça um link com o passado, com o berço da África, compreendendo-a em sua totalidade.

A estrutura desta antologia é enxuta como deve ser toda estrutura de um livro de caráter introdutório. Feita a seleção dos textos que dela fariam parte, o autor os reescreveu, para que sua leitura se tornasse mais leve, mas teve um cuidado: manter a expressividade original de cada um. Ainda, um parágrafo introdutório auxilia o leitor a situar o texto, ora comentando a região geográfica em que se passa a narrativa, ora trazendo elementos sobre a etnia a que o conto está vinculado.

Colhidos das mais diversas fontes (livros, principalmente), os contos aqui reunidos como que passeiam pela África em sentido anti-horário, não muito rígido, para não engessar o fio que une as diversas histórias aqui apresentadas, partindo da costa ocidental do continente para finalizar em sua porção mediterrânea.

Abaixo, a relação de países em ordem alfabética, representados por, pelo menos, um conto neste livro, dá ideia da amplitude da obra:

África do Sul
Angola
Argélia
Benin
Botswana
Camarões
Chade
Etiópia
Gabão
Gana
Guiné Equatorial
Líbia
Marrocos
Mauritânia
Moçambique
Namíbia
Nigéria
Quênia
Saara Ocidental
Senegal
Tanzânia
Togo
Tunísia
Uganda

Um projeto editorial maior, mais rico, é objeto de desejo do autor, que continua a pesquisar a África, incansável. Tomara que o leitor seja tomado da mesma vontade.

Boa leitura!

Fernando Alves

Origem

Um conto tswana

O povo tswana habita a África do Sul e, principalmente, Botswana, sendo o grupo étnico majoritário neste país. O termo designa mais comumente todo habitante de Botswana, o que incluiu os indivíduos de origem europeia e os bosquímanos.

Há muitos anos, bem no início dos tempos, os Deuses tomaram uma decisão importantíssima, sem ela não estaríamos aqui. Eles criaram o primeiro homem e lhe deram um nome: Tauetona. Criaram também seus irmãos. E criaram os animais.

A terra em que viviam os homens e os animais era chamada "Thaya Banna", que quer dizer justamente "O Começo dos Homens". Nela, tudo era muito tranquilo, pacífico, calminho, calminho...

Mas nem tudo estava bem!

Por quê? Porque aos homens faltava algo especialíssimo: diferentemente dos animais, eles, os homens, não tinham esposas! Havia antílopes macho e fêmea; avestruzes macho e fêmea; besouros macho e fêmea. Só os homens não tinham um par.

A caverna em que moravam, com suas paredes escuras e úmidas, morcegos e aranhas, não era um lugar feliz. Faltava ali algo indizível.

Passado um tempo, os Deuses mandaram uma mensagem para os homens, através do Camaleão Passo Cuidadoso. A mensagem assim dizia: "Os homens todos têm que morrer um dia, mas podem voltar depois." Passo Cuidadoso, o Camaleão, levou uma eternidade para entregar essa mensagem enigmática.

Os Deuses decidiram, então, mandar uma segunda mensagem mais, dessa vez muitíssimo clara, e a cargo do Lagarto Ligeiro. A mensagem assim dizia: "Seus espíritos viverão para sempre, mas vocês morrerão como os animais."

E a mensagem continuava, com uma informação que deixou os homens boquiabertos: "Os homens terão filhos!".

Espanto... "Mas como poderia ser isso sem mulheres?", perguntaram os homens.

Os Deuses sabem o que fazem... Os homens, tristonhos, não sabiam que havia mulheres em um vale distante, chamado "Motlhaba Basetsana" (a Planície das Mulheres). E que elas também foram criadas por eles, os Deuses!

Certo dia, passado algum tempo depois das mensagens, enquanto caçava, Tauetona, o primeiro homem criado pelos Deuses, descobriu algumas estranhas pegadas, parecidíssimas com as suas, mas muito menores.

"O que é isso?", ele perguntou à Hiena Marrom.

"Não conheço esse animal", a Hiena respondeu, com desdém, sem nenhum interesse, já que era um animal grande demais para ela pegar.

"Daí de cima você pode ver o animal?", o homem perguntou então à Girafa.

Olhando a distância, a sábia Girafa enxergou nitidamente a Planície das Mulheres e nela uma dúzia desses estranhos bípedes, os quais ela adivinhou serem as mulheres que os homens desejavam.

"Eu posso vê-las, sim! E, se você quiser, posso ir até lá e pedir-lhes para voltar comigo."

A Girafa andou dias e noites seguidas. Caminhou, caminhou, até que chegou a "Motlhaba Basetsana". Aí encontrou as mulheres e com elas falou. Disse-lhes que poderia levá-las a alguns homens jovens e fortes que, ansiosamente, aguardavam por elas.

Sem hesitar, as mulheres seguiram a Girafa, regozijando-se e cantando canções de ninar.

Enquanto isso acontecia, a velha Mãe dos Deuses, que a tudo observava, tomou uma decisão: fez uma poção de sementes de Mimosa, a qual, pessoalmente, colocou na língua de cada homem.

Aquela magia deu aos homens o dom de falar a língua das mulheres e entendê-las. Assim, eles fizeram seus pedidos e com elas se casaram.

Criação

Um conto bosquímano

A história dos bosquímanos é estimada em dezenas de milhares de anos, mas no início do século XXI são poucas as populações remanescentes, sobretudo no entorno do deserto do Kalahari, na Namíbia, no Botswana e na África do Sul.

Há muito, muito tempo atrás, antes mesmo de o mundo existir, em um lugar onde não havia nem mesmo um grãozinho de areia em cima, nem mesmo uma gotinha d'água embaixo, um homem e uma mulher foram criados. Algo sem nome, sem forma, uma presença apenas, os criou.

O homem e a mulher criados eram gente. Não pareciam, porém, com as pessoas que vemos hoje em dia. Não pareciam com seu pai, nem com sua mãe. Não pareciam com sua professora. Não pareciam a polícia nem a moça da cantina.

Seus nomes eram Caçador e Bolosa.

E foi Bolosa quem criou todas as coisas, céu e terra e tudo que há neles.

Ela fez os paraísos, onde qualquer um sente bem-estar e acolhimento, onde todo ser é envolvido por beleza, e os preencheu com as estrelas, o Sol e a Lua. Com seu poder, os pôs em movimento, tal como hoje podemos percebê-los.

Um dia, algo diferente aconteceu. Em seu útero, ela fez brotar tudo que tivesse vida e pudesse viver na terra, como as plantas e os insetos, os pássaros e as árvores, os répteis e todos os outros animais.

Gigantesca, Bolosa fez, por fim, os mais diferentes tipos de homens – boximanes e tswana, ali mesmo, no seio da África, e a gente branca, amarela, vermelha, negra.

Percebendo que havia terminado a criação dentro do seu útero, ela ficou doente e morreu de uma forma estranha: seu estômago inchou, inchou, inchou até que, por fim, rebentou!

Seu corpo transformou-se no Planeta Terra e todos os seres vivos que estavam em seu útero emergiram, vivendo, desde então, nas planícies e montanhas, nos céus e nos oceanos.

A esperteza do chacal

Um conto bosquímano

Os bosquímanos viviam em grandes extensões de terra, mas a chegada de franceses e holandeses à África do Sul e sua ação nas regiões hoje correspondentes à África do Sul e à Namíbia quase os exterminaram, pois eles não se submetiam às condições desses colonizadores.

Era uma vez, um Leão e um Chacal. Os dois eram grandes amigos e, muitas vezes, caçavam juntos.

Um dia, o poderoso Leão, de um único bote, matou um gunga – um tipo de antílope – bem grande e gordo.

Não satisfeito com toda aquela carne, querendo caçar algo mais, o Leão perguntou a seu amigo:

"– Por favor, companheiro Chacal, você pode pedir à minha família para carregar esse bicho enorme para minha casa? Se você os encorajar, eles certamente o atenderão!"

O falso amigo, tão esperto quanto malandro, dirigiu-se à sua própria família, que carregou o gunga... para a casa do próprio Chacal! Ele e sua família tiveram, assim, um banquete excelente.

Enquanto isso, o Leão caçava... mas não pegou nenhum outro animal.

Quando voltou para casa, orgulhoso de sua conquista, ele perguntou a todos os seus familiares:

"– E então? O que vocês acharam do gunga que eu matei? Delicioso, heim?"

"– Que gunga!? Não vi comida nenhuma" – grunhiu sua esposa.

Atordoado com aquela resposta, o Leão perguntou se o Chacal viera avisar-lhes para levar o gunga para casa.

"– Não vi o Chacal hoje", foi a resposta.

Furioso, o Leão dirigiu-se feito um raio para a casa do Chacal e o esperou na lagoa, para emboscá-lo. Não demorou muito: o Chacal, de barriga cheia, veio beber. O Leão atacou!

O Chacal, porém, foi extremamente rápido e mergulhou numa toca vazia que havia ali, entre as raízes de uma árvore grande. O Leão prendeu a perna do Chacal que ficou de fora.

"– Agora eu peguei você!" – rosnou o Leão.

"– Não, você não pegou!", riu o Chacal de dentro da toca: "– Isso não é minha perna. É só uma raiz da árvore. Por que você não pega uma pedra e bate nela? Se for mesmo minha perna, ela vai sangrar."

No instante em que o Leão virou-se para pegar a pedra, o Chacal precipitou-se para fora do buraco e escalou uma longa corda feita de peles de rato, subindo para sua casa, que ficava no alto, numa borda rochosa.

O Leão tentou segui-lo, não se dando conta de que a corda era feita para animais menores, como o Chacal. Alcançou apenas a metade do caminho, antes de ela quebrar e ele cair.

O Leão nunca mais perdoou o Chacal por seu orgulho ferido. E o Chacal, por sua vez, para sempre ficou cuidadoso, permanecendo distante do tolo Leão.

A roupa nova da zebra

Um conto boximane do norte da Namíbia

> *A Namíbia é um país africano que fica ao norte da África do Sul e ao sul de Angola. É a chamada África Austral. É banhado pelo mesmo Oceano Atlântico das praias brasileiras.*

A história que se conta aqui é tão antiga, tão antiga, que o planeta Terra era ainda uma criancinha quando ela aconteceu. Nosso mundo era quente como uma fornalha e seco de dar dó...

A paisagem brilhava em alta temperatura, fazendo tremeluzir tudo que se avistava. Água, então, era substância raríssima: somente podia ser encontrada em poucas e pequenas poças espalhadas em torno do deserto.

Em uma dessas poças, o Babuíno montava guarda, bradando, a quem quisesse e também a quem não quisesse ouvir, que ele era o dono, seu único proprietário.

"– Ninguém pode beber aqui! Ninguém! Essa água é somente minha!" – ele berrava com seu jeito agressivo, afugentando todos os animais que se aproximavam para beber.

Perto da poça, o Babuíno fez uma fogueira com galhos secos. Com o fogo aceso, ele poderia proteger sua água durante as frias noites do deserto, tão melancólicas quando se tem sede e fome.

Um dia, a Zebra veio matar sua sede, depois de uma longa e cansativa jornada. Ela caminhara sob o sol escaldante da África meridional, sem encontrar nem uma gota de água.

Naqueles tempos, a Zebra não tinha listas. Nenhuma! Ela usava um casaco brilhante da mais pura pele branca, do alto da crina à pontinha do rabo. De longe, se via a Zebra, de tanto que ela reluzia ao sol.

Vendo a Zebra aproximar-se, o Babuíno saltou raivosamente.

"– Quem é você? Vá embora!" – ele gritou; "– Eu sou o Senhor dessa água. Ela é minha!"

No estado em que se encontrava, a Zebra, definitivamente, não estava com bom humor para ouvir aquele Babuíno egoísta. Olhou-o bem nos olhos e, numa verdadeira explosão, gritou:

"– Esta água não é sua, seu macaco feio! Ela pertence a todos os animais!"

O Babuíno ficou furioso, sem acreditar que a Zebra o tivesse enfrentado!

"– Se você quiser beber essa água, vai ter que lutar por ela!" – disse o raivoso macaco.

Em pouco tempo, lá estavam os dois animais, emaranhados numa luta feroz. Presos no combate, eles rolavam para frente e para trás, para trás e para frente, ao redor da poça.

Num golpe final, a Zebra deu um coice poderoso e o Babuíno saiu voando bem alto, indo parar nas pedras de uma colina bem por trás do pequeno reservatório d'água, que era a razão daquela briga toda.

A Zebra deu um coice tão forte, tão forte, que perdeu o equilíbrio e caiu para trás, bem em cima da fogueira do Babuíno.

Foi tudo muito rápido: ela só viu os galhos em brasa voando para cima, formando no ar uma confusão laranja-avermelhada. Ao cair, os galhos deixaram marcas de queimaduras negras sobre todo aquele fino casaco branco que cobria o corpo da Zebra.

Machucada e amedrontada, ela galopou para as planícies, onde permaneceu desde então. Com o tempo, ela passou a gostar de sua roupa nova, que a fazia sobressair-se no novo habitat, completamente diferente dos outros animais.

Já o Babuíno... Ele havia aterrissado pesadamente sobre as próprias nádegas, com uma pancada muito forte, entre rochas duras e ásperas. Desde então, ele permaneceu nas colinas, tão raivoso quanto antes, engordando seu traseiro vermelho e pelado.

O órix e o avestruz

Uma história bosquímana do Vale do Okavango

> *O rio Okavango faz a fronteira natural entre Angola e a Namíbia. Tem por característica singular desaguar no deserto do Kalahari, constituindo o chamado Delta do Okavango, região de singular beleza natural.*

O Órix era um animal absolutamente sem graça. Dentre os antílopes primitivos, sem dúvida, o mais monótono: cinza, sem manchas, sem características distintivas que atraíssem para ele alguma atenção, sem chifres...

Em seu habitat, tinha por vizinhos muitas espécies de animais. O Avestruz era um deles: uma ave magnífica, que ostentava orgulhoso um capote preto e branco de arrasar, feito das penas mais resistentes e brilhantes, um longo pescoço que lhe permitia enxergar ao longe e, coroando a cabeça, um par de lindos chifres bem compridos.

Além de não ter graça, o Órix era também muito ciumento. Invejoso mesmo... E, por isso, desafiou o Avestruz para uma corrida.

– Eu posso correr muito mais rápido do que você – disse ao Avestruz –, tanto que lhe darei uma vantagem: carregarei esses seus chifres pesados! Para mim, carregá-los ou não dá na mesma: sou muito forte e ganharei de você na corrida.

O Avestruz aceitou o desafio imediatamente, incapaz que foi de resistir a esse desafio do fraco Órix, que lhe pareceu tão arrogante quanto ridículo.

– Será uma vitória fácil – pensou a enorme ave. Sem hesitar, entregou ao Órix seus chifres longos e pesados, assim como seu vistoso capote preto e branco.

E a corrida teve início!

Não demorou muito e o Órix assumiu a liderança. De maneira astuta, ele escolheu os lugares rochosos para correr, passando pelos terrenos onde havia mais pedras. Com seus cascos duros e resistentes, ele como que navegou por aquele áspero mar de pontas e arestas.

Muito atrás dele, o Avestruz, ludibriado, mal podia caminhar, coxeando muito. Suas patas macias nunca antes tocaram solo tão acidentado; não estavam habituadas, portanto, ao terrível martelamento naquela superfície dura e irregular.

Furioso, parava por vezes, incapaz de dar mais um passo sequer no solo pedregoso. Frustrado, ele começou a atirar pedras no veloz Órix, que, por sua vez, continuava a correr. E tanto correu que saiu daquele terreno duro.

O Avestruz exausto abaixou a cabeça e procurou ao redor mais pedras para jogar no Órix. Este, porém, deu uma gargalhada e fugiu para longe, levando consigo os chifres e o magnífico casaco preto e branco.

Passaram-se anos e anos; os dois animais não mais se encontraram. Cheio de si, o Órix, com seu casaco novo e seus chifres longos, aprendeu a lutar como poucos.

Enquanto isso, o Avestruz começava a perceber que, afinal, não ter que carregar aqueles pesados chifres era bom!

Quando, um dia, eles enfim se encontraram novamente, o Avestruz, já sem nenhum orgulho, lutou para tentar recuperar suas posses roubadas, mas a habilidade do Órix era de longe, muito grande, demais para ele enfrentar.

Não teve remédio: o Avestruz teve que admitir a derrota, porém, secretamente aliviado por já não precisar carregar aquela carga pesada de novo.

– Talvez devamos ser amigos e o Órix possa proteger-me com aqueles meus chifres – pensou a grande ave.

E, desde então, o Órix e o Avestruz são encontrados juntos, muitas vezes – e essa história mostra por quê.

Vestido de búfalo

Um conto da tribo sara

O Lago Chade fica no meio da África e fornece água pra milhões e milhões de pessoas. Pessoas de países diferentes, de tribos diferentes, de línguas diferentes. Essa história vem de uma dessas tribos, chamada sara.

Nas barrancas do Rio Chari, bem perto de sua foz, ao sul do grande lago, um caçador solitário andava sorrateiramente. Ele tinha avistado um pequeno cervo, que lhe renderia boa carne para muitas refeições, e se preparava para pegá-lo.

O Rio Chari apresenta curvas e mais curvas naquele trecho. Ao contornar uma delas, sempre tendo em mira o animalzinho, o caçador levou um susto! No remanso formado naquela curva, um grupo de belas mulheres, todas sem roupa, tomava banho no rio.

Era uma alegria só! O frescor da água, o céu limpo nela refletido, tudo colaborava para o bom ambiente de que as mulheres desfrutavam. Riam muito com as brincadeiras feitas umas com as outras, batiam na água com força, fazendo-a respingar em todas elas.

O caçador não acreditava no que seus olhos viam! Para ter uma visão melhor, deu discretamente dois passos para a esquerda, três passos para trás, mais um para a direta... Passados alguns segundos, encontrou a posição ideal, atrás de uns arbustos.

Nessas breves idas e vindas, ele percebeu, muito perto dele, dispostas na barranca, roupas de couro de búfalo, que pareciam mantas ou ponchos.

"Huuuuummmmm.... como seria legal ter uma roupa destas! Certamente, eu ficaria bem aquecido de noite...", pensou o caçador, de olho nas roupas de couro de búfalo das mulheres.

Com muito, muito cuidado mesmo, ele avançou para onde estavam as roupas de couro de búfalo e, sem ser visto por nenhum delas, mexeu em todas, procurando a mais macia. Escolheu uma delas, levou-a de volta para trás dos arbustos, silenciosamente, e continuou, a espiar as mulheres que tomavam banho no rio.

A astúcia natural do caçador o fazia invisível para as mulheres. Sem o perceber, elas saíram do rio e vestiram suas roupas de couro de búfalo, colocando-as sobre os ombros.

Maravilhado com o que acontecia bem diante dos seus olhos, o caçador viu cada uma daquelas mulheres que tomavam banho no rio transformar-se em búfala no exato momento em que a roupa pousava em seus ombros.

Todas elas se transformaram em búfalas. Menos uma... Menos a mais linda de todas... Menos aquela cuja roupa o caçador roubou.

Ela olhou ao seu redor em pânico, vendo suas irmãs búfalas se dirigindo, decididas, para a floresta. Freneticamente, ela procurou sua roupa: olhou para as águas do rio, para as barrancas ao redor do remanso.

De repente, o caçador pulou de trás dos arbustos e, muito rapidamente, agarrou-a. Ela tentou fugir a todo custo, mas ele a segurava firmemente e lhe dizia bem baixinho palavras reconfortantes: para ela não ficar assustada, que estava tudo bem e ele não queria fazer-lhe mal nenhum.

Com tanto jeito o caçador falou, que a mulher acabou por acalmar-se totalmente. Assim, ele a pediu em casamento e ela... aceitou! Porém, com uma condição: ela ocasionalmente poderia usar sua roupa de couro de búfalo para estar com suas irmãs búfalas.

Eles se casaram e tiveram um filho. Viviam felizes, mas o caçador não estava completamente satisfeito. Quando eles foram mostrar seu novo filho para seus avós búfalos, o caçador lhes fez um pedido extraordinário.

O caçador pediu que o transformassem em um bufálo, porque ele não queria mais viver no cruel mundo dos homens nunca mais. Seu pedido foi atendido e ele jamais voltou a assumir a forma humana.

Duas grandes luzes

Um conto do Senegal

O Senegal é um país da África Ocidental que fica bem de frente para o Arquipélago de Cabo Verde. Os portugueses foram os primeiros europeus a chegarem em seu território, mas quem influenciou mesmo a cultura do país foram os franceses que vieram em seguida.

Desde o início dos tempos, o Sol e a Lua são considerados os grandes astros do céu, superiores a todas as estrelas e a todos os demais corpos celestes que os humanos enxergam.

E todo mundo quer saber suas diferenças. Uns tentam explicar de um jeito, outros de outro. Algumas histórias são lindas e carregam a ideia de terem sido contadas em um passado tão distante que já não se pode encontrar sua origem.

O brilho do Sol, seu calor e sua luz impedem que nós, humanos, sejamos capazes de olhá-lo fixamente. Por outro lado, qualquer um que olhar a Lua por horas a fio não sofrerá nenhum tipo de problema.

Por que é assim? O povo do Senegal é quem nos conta!

Em certa ocasião, as mães dessas duas lindas luzes que são a Lua e o Sol estavam se banhando na água, completamente nuas.

O Sol manteve uma atitude de pudor durante todo o banho de sua mãe; não a olhou nem por um instante sequer. A Lua, por sua vez, não teve nenhum cuidado; muito pelo contrário: observou a mãe banhar-se nua o tempo todo.

O banho terminou e as duas mães saíram d'água.

– Meu filho! – disse a mãe do Sol – Você me respeitou o tempo todo! Desejo de coração que a deusa, unida e poderosa, o abençoe por essa atitude! Seus olhos se desviaram do meu corpo enquanto eu tomava banho nua. Por isso, quero que, de agora em diante, nenhum ser vivo consiga olhá-lo sem que sua vista seja ferida!

E seu desejo foi atendido.

– Minha filha! – disse a mãe da Lua – Você não me respeitou durante o banho... Olhou-me fixamente, como se eu fosse um objeto brilhante. Quero que, a partir de agora, todos os seres vivos olhem para você sem qualquer cuidado. Você será para sempre observada.

E seu desejo foi atendido.

E assim é até os nossos dias.

Sona Mariama

Um conto do Senegal

O Senegal começou o seu processo de independência em 1946, quando se tornou Território da União Francesa. Mas só se tornou de fato independente em 1958, conquistando o status de República Autônoma da Comunidade Francesa.

Um homem, que vivia numa tribo no interior do país, tinha uma filha linda, de uma beleza rara e singular – nenhuma outra jovem da comunidade com ela rivalizava em beleza. Um dia, ele disse para si mesmo:

– Essa menina é tão linda, tão linda, que nenhum homem se casará com ela... a não ser eu! Sim! Eu mesmo a desposarei.

Naqueles tempos, lá no Senegal, um pai casar com uma filha não era crime. Sua mulher ficou triste quando o próprio marido lhe contou sua decisão. Ela disse, porém, apenas duas palavras:

– De acordo.

Ao chegar à maioridade, a filha ouviu do pai o anúncio inevitável: deveria se casar. Ele a chamou e lhe disse que seria sua esposa. Ela, com firmeza, contestou:

– Não me tornarei sua esposa. Se não encontrar um bom marido para mim, vou para a floresta, procuro o elefante selvagem e, encontrando-o, deixo que me mate!

O pai fez que não ouviu. Repetiu que se casaria com ela e também que a união seria no dia seguinte. A mãe, ao saber da novidade, avisou a filha:

– Você deve fazer o seguinte: amanhã bem cedinho venha aqui ver-me. Logo que chegar, peça-me a cabaça para transportar água. Tenha antes a certeza de que seu pai está comigo. E, na presença dele, diga com firmeza: "– Mãe, vou ao poço buscar um pouco d'água." Quando você chegar ao poço, largue aí mesmo a cabaça e saia correndo para bem longe.

A filha entendeu direitinho e concordou com o plano traçado pela mãe.

No dia seguinte, ao amanhecer, o pai matou uma vaca para a festa do casamento. Depois, se preparou para a cerimônia. Enquanto se preparava, a filha chegou e perguntou pela cabaça.

– Preciso puxar água do poço – ela disse com naturalidade – para me preparar para o casamento.

Sona Mariama – era este o nome da filha do homem – pegou a cabaça, saiu, dirigiu-se ao poço e, aí, chegando, a deixou ao lado dele.

Então, correu o mais rapidamente que pôde até a floresta.

Depois de correr um bocado, topou com um búfalo. Ele a olhou com atenção e lhe disse:

– Moça, você é realmente linda!

Sona Mariama sorriu, mas ficou calada.

– Aonde vai? – perguntou-lhe o búfalo.

– Vou encontrar o elefante selvagem e deixar que ele me mate.

Então, ela começou a cantar melancolicamente:

"Meu pai disse que eu, Sona Mariama, seria sua esposa.

Minha mãe disse que eu, Sona Mariama, seria sua coesposa.

Meus irmãos disseram que eu, Sona Mariama, seria sua mãe.

Meus filhos dirão que eu sou sua avó."

Terminada a canção, o búfalo se manifestou.

– Jamais vi algo semelhante, Sona Mariama. Tampouco ouvi algo semelhante, Sona Mariama. Menina, você fez bem em correr para longe!

A garota ouviu as palavras do búfalo e seguiu seu caminho.

Mais adiante, encontrou um leão. Também esse animal ficou surpreso ao ver uma garota tão linda. E lhe disse:

– Você é uma moça muito bonita. Aonde vai?

– Vou encontrar o elefante selvagem, para que me mate – disse. E entoou a canção:

"Meu pai disse que eu, Sona Mariama, seria sua esposa.
Minha mãe disse que eu, Sona Mariama, seria sua coesposa.
Meus irmãos disseram que eu, Sona Mariama, seria sua mãe.
Meus filhos dirão que eu sou sua avó."

Assim como o búfalo, o leão contestou:
– Jamais vi algo semelhante, Sona Mariama. Tampouco ouvi algo semelhante, Sona Mariama. Menina, você fez bem em correr para longe!

Como antes, a garota ouviu as palavras do leão e continuou seu caminho floresta adentro, até que encontrou um coelho.

O coelho ficou perplexo com tamanha beleza e lhe perguntou aonde ia. Sona Mariama contou sua história uma vez mais, sem deixar de mencionar que buscava o elefante selvagem, para que a matasse.

Dessa vez, algo diferente se ouviu. Disse o coelho:
– Sou o mensageiro do elefante selvagem! Deixe-me levá-la até ele.

Sona Mariama seguiu o coelho por muito tempo, até a parte mais densa e sombria da selva. Tentou em vão lembrar o caminho pelo qual havia chegado até ali, mas não pôde.

– Não importa – pensou. – Dá na mesma que eu esteja perdida... Logo estarei cara a cara com o elefante selvagem e este será meu final.

O coelho ia adiante e Sona Mariama o seguia de perto. Finalmente, chegaram a um emaranhado de árvores, plantas e cipós.

– É aqui que vive o elefante selvagem – disse o coelho. – Você tem certeza que quer entrar? Ou prefere fugir para bem longe?

– Devo vê-lo imediatamente – disse Sona Mariama, já entrando no emaranhado de árvores que formava um círculo.

Era escuro, muito escuro... Sona Mariama entrou naquele ambiente temível e ouviu nitidamente o chão retumbar quando o elefante acordou de seu sonho e se aproximou dela.

– Quem ousou entrar em meu refúgio? – a voz grave do elefante ecoou.

– Eu, Sona Mariama.

O elefante selvagem parou imediatamente quando a viu. Era linda como nenhum outro ser que ele já tivesse visto antes.

– Sente-se. Conte-me por que veio estorvar meu sonho.

– Vim para morrer – respondeu ela.

E cantou:

"Meu pai disse que eu, Sona Mariama, seria sua esposa.

Minha mãe disse que eu, Sona Mariama, seria sua coesposa.

Meus irmãos disseram que eu, Sona Mariama, seria sua mãe.

Meus filhos dirão que eu sou sua avó."

O elefante selvagem disse:

– Jamais vi algo semelhante, Sona Mariama. Tampouco ouvi nada semelhante, Sona Mariama. Todavia, não posso matá-la.

Fez-se silêncio no círculo de mata densa onde estavam, sós, o elefante selvagem e Sona Mariama.

– Diga ao coelho que leve você até o acampamento do rei e deixe que ele decida – finalizou o animal.

Ela concordou. Quando chegaram, a moça e o coelho encontraram o rei e todos os seus conselheiros sentados. A surpresa com a beleza de Sona Mariama estava estampada nos rostos de cada homem.

– Que bonita você é! Como se chama? – perguntaram-lhe.

– Sona Mariama.

– Por que foi trazida aqui?

Ela contou o plano de seu pai, o plano de sua mãe, a fuga para a floresta, tudo muito detalhado, impressionando sua audiência. Falou dos encontros com o búfalo e o leão. E também como o coelho a levou até o elefante selvagem. E, por fim, como este ficou triste com sua história, deixando o caso nas mãos do rei.

O rei ficou estupefato com aquela história. O que era aquilo? Imediatamente, mandou um mensageiro trazer o pai de Sona Mariama à sua presença.

Diante da corte, o pai, servilmente, colocou-se à sua disposição. Constrangido, afirmou estar profundamente arrependido de seu comportamento. Do que fizera à sua linda filha...

O rei não o castigou. Preferiu enviá-lo de volta para casa em desgraça, fazendo todos saberem do ocorrido.

Em seguida, o rei disse em voz bem alta a seus conselheiros:

– Tragam o tambor real!

E todos cantaram, no compasso dos tambores:

"O Tambor Real sonha
por Sona Mariama
por Sona Mariama
Sona Mariama"

Ao sentir a presença do tambor, o povo aproximou-se do acampamento do rei, dançando em uma enorme festança. Todo mundo estava feliz: o som do tambor real quando tocado para uma mulher significava que o rei com ela se casaria!

E o som do tambor ecoou ao longo de todo o dia.

Sona Mariama casou-se com o rei!

Kintu

Um conto de Uganda

A história de Kintu é parte da mitologia do povo baganda, grupo étnico numericamente mais expressivo de Uganda. O reino de Buganda, como é chamado, comporta, no início do século XXI, mais de 50 diferentes clãs.

Gulu era o nome do Senhor do Céu.

A Terra era habitada, no início dos tempos, por Kintu, o primeiro homem, que nela vivia com uma vaca que lhe oferecia o alimento de que precisava.

Gulu vivia com seus filhos e filhas. Observando Kintu, ficou curioso. Despachou então seus filhos para a Terra, para investigarem quem era aquela criatura.

Nandi era filha de Gulu. Ela andava pela Terra, assim como seus irmãos, já há alguns dias, quando, de repente, encontrou Kintu.

Imediatamente, Nandi e Kindu se apaixonaram um pelo outro e decidiram viver juntos daí em diante.

Nandi pediu permissão a seu pai para o casamento, mas Gulu não gostou nem um pouquinho dessa ideia.

Para saber se Kintu era suficientemente valoroso para poder viver para sempre com sua filha, Gulu estabeleceu quatro provas a que o primeiro homem da Terra deveria se submeter. Se ele não se saísse bem nessas provas, o Senhor do Céu não daria seu consentimento para que se casasse com sua filha.

Primeiro, Gulu trancou Kintu em uma cabana repleta de comida de todos os tipos. Era tanta, tanta, tanta comida, que nela comeriam centenas de pessoas! A prova, porém, era Kintu acabar com toda essa comida. Ele comeu muito, mas quando já não aguentava mais, escondeu tudo o que sobrou em um buraco no chão. Gulu, vendo a cabana vazia, comprovou que não restava mais comida nenhuma.

Gulu deu então a Kintu um machado de cobre e lhe disse para partir rochas, como se fosse lenha. Era a segunda prova. Kintu olhou a seu redor e encontrou uma rocha rachada. Pronto! Rapidamente, quebrou-a em pedaços.

Como terceira prova, Gulu deu-lhe uma vasilha de barro e pediu que a enchesse com água. Água de orvalho! Kintu desesperou-se – como faria aquilo? Pensou, pensou, pensou... Veio a noite e ele continuou a pensar em como enchê-la, até que adormeceu. Ao se levantar pela manhã, a vasilha já estava cheia com água de orvalho.

A última prova era a mais difícil de todas. Gulu roubou a vaca de Kintu e a colocou em seu próprio rebanho onde todas as vacas eram absolutamente iguais! Enquanto Kintu a procurava, uma abelha lhe disse que ela pousaria sobre sua vaca. Assim ela fez e, claro, Kintu reconheceu seu animal e o recuperou.

A abelha, porém, pousou em vários bezerros, mostrando a Kintu que eram filhos de sua vaca. Ele os levou também.

Só então Gulu teve a certeza do valor de Kintu. E consentiu que Nandi fosse viver na Terra com ele.

Antes, porém, deu-lhes um conselho: que marchassem em segredo para que Walumbe, irmão de Nandi, não soubesse do casamento; se soubesse, os perseguiria e levaria muitas desgraças ao jovem casal.

Nandi e Kintu pegaram suas vacas, uma cabra, uma galinha, um inhame e um plátano e puseram-se a caminho.

Mas quando eles voltavam, Nambi percebeu que havia se esquecido do milho para alimentar a galinha. Ela disse a Kintu que teria que voltar para colher o milho e, mesmo contra a vontade dele, ela se foi.

Foi aí que Walumbe a descobriu! E a seguiu até a Terra.

Pouco tempo depois, Kintu e Nandi tiveram filhos.

Um dia, Walumbe foi à casa de Kintu e pediu a seu cunhado que lhe desse um filho para que o ajudasse com os afazeres domésticos. Recordando, porém, as palavras de Gulu, Kintu negou o pedido.

Walumbe foi-se embora extremamente irritado com a negativa do cunhado. Nessa mesma noite, ele voltou à casa de Nandi e Kintu e matou um de seus filhos!

Kintu teve muitos outros filhos, que se multiplicaram através das gerações até hoje, formando a população de Buganda. Mas o cruel Walumbe, de tempos em tempos, reaparece, levando a morte para alguns descendentes de Kintu.

A serpente cósmica

Um conto do povo fon

Esse povo habita principalmente o sul do Benin e o sul do Togo. As duas principais heranças culturais legadas por eles à humanidade estão relacionadas ao reino de Daomé e ao vudu.

No princípio dos tempos, vivia o Criador, um deus andrógino com duas caras: uma feminina, Mawu, a Lua, e outra masculina, Lisa, o Sol.

A serpente cósmica, Aida-Hwedo, foi criada por ele.

Por sua vez, o réptil gigante contribuiu para a criação: colocou o Criador em sua boca e o conduziu durante todo o tempo em que o mundo, tal como o conhecemos, se formava.

Quando essa obra foi concluída, o Criador observou que seu peso para a Terra era excessivo:

montanhas demais, elefantes demais, terras demais, árvores demais, insetos demais. Absolutamente tudo era excessivo em sua criação.

Foi então que ele teve uma ideia.

O Criador pediu a Aido-Hwedo que se colocasse debaixo da sobrecarga da Terra, emaranhando-se nela, como se fosse uma almofada para poder transportá-la.

Havia, porém, um problema: a serpente cósmica não gostava nem um pouco do calor. Como fazer para suportar a quentura inevitável que existiria embaixo da Terra?

O Criador refletiu e logo encontrou uma solução: fez um oceano para acomodar Aido-Hwedo, que viveria nele.

Quando esse réptil único sente sobre si pressão demais, ele muda de posição para encontrar conforto e descansar. E a cada vez que faz isso, até hoje, sentimos na pele o que acontece: terremotos!

O alimento de Aido-Hwedo são barras de ferro submarinas, objetos de uma cor vermelha maravilhosa que poucos podem ver, já que ficam no fundo do mar.

Nas ocasiões em que as barras de ferro se esgotam, a serpente cósmica come a própria cauda. E, ao fazer isso, a Terra se desequilibra e cai ao mar com tudo que há sobre ela, formando os maremotos!

O novo povo

Um conto gando

A etnia gando é uma das muitas existentes no Benin e a história que aqui se conta, como o título diz, narra sua origem.

Há muito tempo, na África Ocidental, uma mulher da etnia bariba teve quatro filhos e deu origem a um novo povo.

Veio então um período de escravidão, quando os filhos dos wasangari, considerados nobres, saíam pelos povos em busca de rapazes, que prendiam e em seguida vendiam nos mercados, geralmente aos fulas, uma tribo de pastores nômades.

Quando os meninos que encontravam em suas buscas eram grandes e capazes de se defender, eles os ameaçavam com suas lanças.

Invariavelmente, a pergunta era:

– O que você prefere? Que minha lança beba seu sangue? Ou comer grãos em nosso acampamento?

Quando a vítima respondia: "– Que essa lança beba meu sangue!", o atravessavam com a longa arma e imediatamente ele morria.

Quando, porém, a vítima respondia: "– Prefiro comer grãos no acampamento", então ela era presa e levada. Dias depois de estar no acampamento, era vendida, principalmente para os fulas.

Os escravos capturados ali eram todos da mesma raça, mas não eram fulas. Não foi diferente o destino dos quatro filhos da mulher bariba.

O fula que ficou com eles também comprou uma mulher e um homem, que, por sua vez, tiveram vários filhos. E todos, automaticamente, se tornavam escravos do mesmo senhor.

Com o passar do tempo, os escravos reunidos naquele acampamento organizaram-se e logo existia entre eles uma vida social intensa. Resolviam juntos seus assuntos e efetivamente constituíam um grupo diferenciado.

Viviam juntos, uniam-se em casamento, geravam filhos e até mesmo tinham suas leis e normas.

A totalidade daqueles que haviam sido presos pelos wasangari e vendidos aos fulas era agora parte integrante dessa nova sociedade.

Ao mesmo tempo, outra categoria de escravos surgia.

Em certa ocasião, nasceu um menino dessa ascendência bariba. Quando chegou a fase da

dentição, saíram-lhe primeiro os dentes de cima, o que era incomum. Assustado, o pai enxergou naquilo o sinal de uma maldição. Incapaz de manter em casa um filho que ele temia, levou o bebê ao fula. E lhe disse:
– Fique com esse menino. Ele representa desgraça para minha família. Não posso levá-lo à morte, mas também não o quero em casa.

Nesse exato momento, chegaram vários wasangari com rapazes capturados em suas fugas, e que venderam ao mesmo senhor.

Sem exceção, todos eles haviam se tornado escravos. Cresceram e trabalharam na casa do pastor nômade até que, um dia, ele morreu.

Os rapazes ficaram adultos e criaram suas próprias famílias. Já não se recordavam de seus povos de origem! Todos eles haviam sido criado juntos, haviam casado e tiveram muitos e muitos filhos. Que podiam fazer depois morte de seu senhor?

Foi então tomada uma decisão importantíssima e de comum acordo: fundaram uma nova tribo!

Construíram suas casas e deram um nome ao novo povo. Já não viviam no acampamento fula. Agora, estavam instalados em um povoado, construído por eles e que era seu. O nome dado a seu povoado era: "Que este lugar seja doce!"

Quando viajavam e encontravam algum estrangeiro que lhes perguntava: "– De onde você é? Qual é o seu povo?", eles respondiam:

– Somos do povo "Que este lugar seja doce!"

"Que o lugar seja doce!", na língua bariba, diz-se "Gam n do". Por isso o povo passou a chamar-se gando.

Se encontravam algum bariba, a pergunta era inevitável:

– Se vocês são iguais a nós, têm o mesmo físico, são tão parecidos, como é que podem formar uma tribo diferente?

Era uma oportunidade para eles lhes explicarem, orgulhosos, sua história, contando-lhes da conversão em gandos.

Tihua

Um conto africano da Costa dos Escravos

> *A Costa dos Escravos é uma região comum a três países africanos: Benin, Togo e Nigéria, abrangendo seu litoral. Ganhou esse nome em virtude de, do século XVI até o século XVIII, ter sido palco do atroz comércio de escravos realizado por europeus.*

A história começa com Tihua, uma mulher casada que morava em uma aldeia próxima do litoral. Um dia, quando estava na floresta colhendo folhas para envolver os pães de acaçá (espécie de farinha cozida de milho), descobriu, sem querer, o covil de uma pantera.

A fera não estava, mas seus filhotes, dois recém-nascidos, tentavam desesperadamente, com suas limitadas forças, livrar-se do enxame de formigas negras que tinham avançado sobre eles. Fatalmente, morreriam.

Com pena dos bichinhos, Tihua livrou as duas panterinhas dos carrascos que as picavam, ainda que para fazê-lo também ela tenha levado muitas e muitas picadas nas pernas e nos braços.

Levou-os embora do covil, para a sombra fresca de um matagal não distante, onde fez para eles uma caminha confortável.

Feito isso, Tihua fez, enfim, sua colheita e voltou para sua cabana, carregando na cabeça, como faziam todas as mulheres de sua aldeia, o pesado fardo.

O que ela não sabia era que a pantera havia sido expulsa de sua toca pelas perigosas formigas negras pouco antes de ela aparecer, obrigada a deixar seus filhotes ali e a refugiar-se no galho mais alto de uma árvore perto da entrada do covil.

A fera assistiu, assim, cada movimento de Tihua, seu gesto heróico de salvação dos filhotes.

Assim que a mulher saiu de seu território, a pantera, de um único salto, voltou para o chão, correndo para perto de seus filhotes queridos, lambendo-os com emoção até certificar-se de que estavam bem.

Com passos silenciosos e movimentos discretos, seguiu Tihua até a borda da aldeia. Como era espertíssima, não ousaria aventurar-se, à luz do dia, no centro da aldeia. Então trepou agilmente em uma mangueira alta nos arredores e, dali, seguiu com atenção a benfeitora de seus filhotes.

– Agora sei onde ela mora... – pensou o belo felino.

O sol se pôs e a noite chegou à porção ocidental do continente africano. Noite: hora de os felinos caçarem! A pantera deixou sua toca, já livre das formigas, e saiu em busca de um grande veado. Não demorou muito a caçada; logo, ela arrastava com toda força um imenso antílope.

Arrastou por grande parte da floresta, até chegar à aldeia e depositá-lo diante da porta da casa de Tihua. Tudo no mais absoluto silêncio...

– Aaaahhhhh! – gritou Tihua ao abrir a porta pela manhã!

Quando viu aquele animal morto – que daria alimento para si, para sua família e para todos os demais habitantes da aldeia por alguns dias –, ela teve muito medo. Seu marido acordou com a gritaria e afirmou com a sabedoria de um caçador experiente:

– Foi uma pantera que matou esse veado! Veja as marcas das garras.

Suas palavras e os gritos de Tihua atraíram um verdadeiro cortejo a sua casa, com gente feliz com aquela abundância de carne.

A mulher contou, então, o que havia se passado na floresta no dia anterior, verdadeira aventura cujas marcas estavam na pele de suas pernas e seus braços.

A conclusão de todos foi de que o antílope que ali viam não era nada mais, nada menos, do que um presente oferecido pela fera, como agradecimento pela bravura de Tihua ao salvar seus filhotinhos.

Anansi

Um conto da tribo ashanti, de Gana

Os ashanti formavam um verdadeiro império na costa ocidental da África antes da chegada dos europeus.

Anansi, a aranha macho, é um personagem espertíssimo dos ashanti. Em outras tribos da região, ela pode ganhar outros nomes, como, por exemplo, Ture (na tribo Zande).

Existem em torno dela muitos mitos. Um deles envolve o Deus do Céu Onyankopn. Anansi pergunta a ele:

– Você me vende as histórias que fazem você ser assim tão famoso?

Surpreso, o deus responde:

– O que a leva a pensar que você pode ter minhas histórias?

Um longo diálogo é travado, em que cada um dos interlocutores foge um do outro com toda sorte de argumentos.

Anansi acaba por vencer o Deus do Céu, insistindo para que ele lhe dê um preço pelas histórias. (Nesse tempo, não havia histórias na Terra.)

Então, Onyankopon diz à aranha que traga Onini, a cobra píton; Osebo, o leopardo; Mmoboro, o enxame de vespas e Mmoatia, o espírito. Todas elas criaturas que Onyankopon julga impossíveis de pegar.

Mas Anansi, com a ajuda de sua esposa, consegue capturar cada um deles e entregá-los a Onyankopon, para o deleite de sua orgulhosa mãe!

O Deus do Céu ficou tão impressionado que deu a Anansi suas histórias e sua bênção.

Desde então, essas histórias são chamadas histórias da aranha.

O silêncio dos macacos

Um conto do povo fang

O povo fang é oriundo, originalmente, das florestas da África Ocidental, no território que, hoje, compreende Camarões, Gabão e Guiné Equatorial.

Há muito tempo atrás, bem no início dos tempos, todos os animais falavam. Sim, falavam como os seres humanos!

Não era diferente com os macacos. Eles viviam em aldeias, mantendo contato constante com os humanos de outras aldeias, com quem conversavam bastante.

Então, em certa ocasião, algo diferente aconteceu.

Os homens e mulheres de certa aldeia fizeram uma grande festa. Foi uma semana inteira de música durante os dias, quando tocavam seus tambores, e de dança e bebidas durante as noites: todos bailavam sem parar, consumindo em grande quantidade o vinho de palma que eles mesmos produziam. Para se ter uma ideia da fartura, duzentas tinas cheinhas do vinho especial foram dispostas na praça pública da aldeia, por ordem do chefe do povoado.

Esse chefe bebeu mais do que todos – afinal, ele era poderoso... Foi tanto vinho ingerido que, no amanhecer do dia após o encerramento da festança, suas pernas tremiam como as palmeiras ao vento e seus olhos já não distinguiam bem as coisas a seu redor. Tudo era muito confuso. Menos para seu coração, que transbordava em um mar de felicidade.

Vendo que a situação dele não era das melhores, suas muitas mulheres o levaram com cuidado até o palácio. Ele, porém, se negou a permanecer ali. Saiu andando e tomou a direção da aldeia dos macacos.

Quando aí chegou, os macacos o cercaram, saltando nele, ao redor dele, abaixo dele, rindo-se a mais não poder de sua condição. Um lhe deu um puxão que quase o derrubou; outro arrancou seu gorro de chefe; outro ainda se pendurava em seu pescoço e, cara a cara com ele, mostrava-lhe a língua comprida. E gestos desavergonhados de gozação se repetiam, levando ao delírio os animais!

Por causa das brincadeiras fora do limite e também por sua idade avançada, o chefe foi se irritando, irritando, irritando até que não aguentou mais! Foi dali direto à presença do Deus Nzamé, a quem se queixou longa e tristemente.

Atento a cada palavra do queixoso homem, o Deus Nzamé deixou que ele contasse das gozações e maus tratos que sofreu por parte dos macacos. Deu-lhe razão ao final e, para fazer justiça rapidamente, de forma a servir de exemplo para todos os animais, chamou o chefe dos macacos e perguntou-lhe:

– Por que sua gente insultou seu pai, o chefe dos homens, de forma tão desmedida, tão grosseira, tão insensata?

Calado, o macaco-chefe não sabia o que falar. Não tinha argumentos. Só o silêncio marcava presença. Silêncio que foi, enfim, interrompido por Nzamé, que, falando com repúdio, sentenciou:

– De hoje em diante, nem você nem seus filhos servirão aos homens. Eles passarão a castigá-los, a persegui-los. Já não serão amigos: vocês estão sob a autoridade dos homens!

Os dois chefes deixaram a presença do deus.

Uma vez sozinhos, porém, uma nova desavença apareceu. Assim que o homem ordenou ao macaco que trabalhasse, este o contestou com toda insolência:

– Você está sonhando? Mandando eu trabalhar? Você está com algum problema nas ideias...

Percebendo o tom da conversa, o chefe dos homens deixou o macaco para lá. Voltou para a aldeia, deitou-se comodamente e assim, descansando, elaborou um plano para vingar-se daqueles macacos ousados, insolentes e desobedientes.

Passaram-se sóis e luas e chegou o tempo da próxima festa na aldeia dos homens.

Assim como na festa anterior, o chefe dos homens mandou colocar, no centro da praça da aldeia, centenas de tinas cheias do delicioso vinho de palma. Mas com uma pequena diferença: fez colocarem em muitas tinas uma porção de erva que faz dormir.

Naquelas cujo vinho era puro, isto é, que não traziam a porção de erva que faz dormir, o chefe mandou fazer um sinal discreto. Avisou então, a seu povo todo, que não bebessem de outras tinas, senão aquelas que traziam o tal sinal.

Feito isso, convidou os macacos para a festa.

Orgulhosos pelo convite, os macacos não recusaram – era, na verdade, para eles, uma honra enorme frequentar a festa dos homens.

Foram, divertiram-se muito e beberam ainda mais...

Claro! Todos ficaram com sono, muito sono. O desejo de dormir era tão grande que a macacada se deixou levar pelo mais profundo sono.

Nessa hora, o chefe dos homens ordenou que todos fossem bem amarrados. Com eles completamente imóveis, os homens começaram a chicoteá-los sem piedade!

Ao sentir os chicotes vergando suas peles, os macacos despertaram muito rápido, com extraordinária agilidade verdadeiramente, nunca antes vista. Pulavam, balançavam, como que dançavam de uma forma única!

A surra de chicote demorou horas, até que acabou. Os macacos foram desamarrados e andavam agachados, buscando o que sobrou de seus pelos e coçando-se.

O chefe dos homens mandou então que assinalassem com ferro quente, como se faz com o gado, todos aqueles macacos. E, terminada a marcação, obrigou-os a fazer os trabalhos mais pesados da aldeia.

Sem alternativa, os macacos obedeceram.

Os anos se passaram.

Um dia, fartos de tanto trabalho, de tanto sofrimento, mesmo de desespero, eles tomaram coragem e foram falar com o chefe dos homens.

– Somos muito mal tratados. Precisamos de melhores condições e alguma liberdade.

– Perfeitamente – respondeu o chefe dos homens. Observem com atenção o bom trato que passo a lhes oferecer agora.

Mal terminou a frase, o chefe ordenou a seus guerreiros que açoitassem os macacos sem piedade e cortassem as línguas de todos eles.

– Pronto! Viram que belo tratamento? Está terminada a operação. Acabaram as reclamações. Ao trabalho, preguiçosos!

Indignados, os macacos não podiam proferir nada além de uns sons incompreensíveis. No lugar de justiça, foram tratados com ainda mais crueldade.

Sem outra possibilidade, fugiram em bando para a selva.

Todos os descendentes daqueles macacos nascem com língua, mas como temem que os homens voltem a se apoderar deles para fazê-los trabalhar, não falam nada! Nem uma palavrinha!

Hoje, os macacos cercam as pessoas, saltam nelas, ao redor delas e abaixo delas, emitem sons repetitivos que mais parecem risadas. Exatamente como no dia em que maltrataram o chefe dos homens...

A rã, a truta e o caranguejo

Conto popular bubi

O povo bubi era a maioria na ilha de Bioko (a principal da Guiné Equatorial) até o início do século XX, mas hoje é minoria, espalhando-se, além desse país, também pela Nigéria, Camarões e Gabão.

Há muito tempo atrás, na porção mais escura e remota da floresta da ilha de Bioko, existia um riachinho.

Esse fio de água atravessava uma serra alta e quase inacessível, no meio do qual havia um lago formado por essa água.

Era um lago modesto, de pequena dimensão, sobretudo em meio à magnitude das altas montanhas que o cercavam.

Nesse lago, três comunidades distintas viviam em harmonia: uma de caranguejos, outra de trutas e outra de rãs.

A vida desses animaizinhos transcorria em paz, até que, um dia... chegou um pescador!

Ele montou seu acampamento bem perto do lago e, em todas as manhãs, a ele se dirigia com sua vara, pronto a pescar uma truta, pegar um caranguejo e também uma rã.

Passados alguns dias, os grupos de trutas, caranguejos e rãs tiveram certeza do grande perigo por que passavam.

Uma rã convocou então uma assembleia no lago, à qual compareceu toda a população. Ela disse:

– Amigos, corremos um perigo enorme. Esse pescador vai, simplesmente, exterminar todos nós!

Acabou a frase apontando para o acampamento do pescador, que se via do lago. Era uma espécie de cabana rústica encravada em uma fresta da montanha mais próxima, com porta, uma única janela e uma chaminé de onde saía fumaça.

A rã continuou:

– Precisamos nos defender imediatamente, antes que "aquilo" ocorra, referindo-se a irem para o fogo.

A truta contestou a rã, dizendo-lhe:

– Dentre nós todos, seguramente sou eu que menos risco corro, já que, com umas poucas guinadas na água, sumo da vista de quem quer que seja. Pensando bem, por que eu deveria preocupar-me tanto?

Então foi a vez de o caranguejo manifestar-se:

– É... também eu tenho pouco com que me preocupar. Basta enfiar-me entre as pedras ou nos buracos – ninguém pode alcançar-me se eu estiver escondido aí.

Foi então a vez de a rã falar:

– Preciso subir até a superfície de vez em quando, para respirar... E nessa hora sou presa fácil para aquele pescador. O que é que eu vou fazer?

Com a pergunta veio uma ideia: procurar o mago da montanha! E foi o que fez. Depois de percorrer aos saltos trilhas apertadas pelas altas montanhas, ela chegou à sua presença. Contou-lhe o perigo por que passava e o medo que tinha de ir parar na panela do pescador.

O mago ouviu atentamente ao discurso da rã e, para alegria dela, ele tinha a solução. Ele deu à rã um unguento viscoso para que ela se untasse. Recomendou-lhe ainda que orientasse todas as rãs da comunidade do lago a fazer o mesmo.

Na manhã seguinte, o pescador, como sempre, foi para o lago. Dessa vez, porém, ele veio com uma rede, e não com sua vara de pescar. Lançou-a na água e pegou um pouco de tudo: trutas, caranguejos e rãs.

Satisfeito, ele se pôs a recolher os animais da rede, colocando-os no cesto que levara consigo para junto do lago.

Algo estranho acontecia, todavia, quando ele tentava pegar as rãs: sempre elas escorregavam de suas mãos, voltando para o lago. O unguento do mago funcionava muito bem!

É assim até hoje: sempre as rãs trazem consigo o segredo mágico que as protege! E nos deixam essa lição: devemos sempre resolver nossos problemas!

A vaca e a mosca

Conto da Nigéria

Localizada no Golfo da Guiné, na costa ocidental da África, a Nigéria é o mais populoso país africano, com quase 150 milhões de habitantes na primeira década do século XXI. Apesar de ter uma economia emergente, a maioria de sua população vive em estado de pobreza absoluta.

A Rainha de Calabar chamava-se Adiaha Umo. Muito rica e hospitaleira, era amante dos animais... mas nem de todos. Gostava apenas dos animais domésticos.

Tinha por hábito oferecer verdadeiros banquetes a todos os animais domésticos, jamais convidando os animais selvagens: tinha muito medo deles.

Em uma dessas festas, havia três grandes mesas, ao redor da qual estavam a rainha e seus convidados.

– Você, que é o maior animal entre os aqui presentes – disse a rainha à vaca – sente-se na cabeceira de uma das mesas e vá distribuindo a comida para todos.

A vaca gostou da incumbência e logo começou a distribuir o primeiro prato. Mas se esqueceu da mosca! Era tão pequeno o inseto que a vaca simplesmente não o viu!

Percebendo a situação, a mosca pediu à vaca que lhe desse sua parte. Mas a vaca respondeu:

– Fique tranquila, minha amiga! É preciso paciência...

Quando chegou o segundo prato, a mosca repetiu seu pedido à vaca, mas esta limitou-se a piscar o olho, dizendo à mosca que ela receberia sua comida mais tarde.

E, assim, continuou a festa.

Acabaram-se os pratos e a mosca, sem haver comido nada, foi-se embora com fome.

No dia seguinte, o primeiro gesto da mosca ao acordar da noite mal dormida foi dirigir-se à Rainha, a quem queixou-se da fome e, claro, do comportamento da vaca.

Ponderando o fato de a vaca não ter dado à mosca sua parte do banquete, mesmo tendo piscado o olho para ela, a rainha determinou que, daí em diante, a mosca sempre obteria sua comida dos olhos da vaca.

Hoje ainda, onde quer que estejam as vacas, sempre há moscas alimentando-se em seus olhos, de acordo com as ordens da rainha Adiaha Umo.

O gala-gala e a hiena

Um conto de Moçambique

Ex-província ultramarina portuguesa, Moçambique é um país independente desde 25 de junho de 1975. Parte integrante da Comunidade dos Países de Língua Portuguesa, é rico em tradições narrativas.

Há muito tempo as hienas e os gala-galas, um lagarto cinzento nem grande nem pequeno, habitam o território moçambicano.

Uma hiena, vendo os gala-galas para lá e para cá, balançando suas caudas graciosamente, aproximou-se de um deles e travou amizade.

Os dias e as noites iam e vinham e os dois amigos sempre juntos por toda parte, a brincar, a conversar, a confiar um no outro mais e mais.

Em certo dia, a hiena, que sabia preparar comidas e bebidas especiais, fez uma cerveja muito saborosa, e chamou o gala-gala:

– Venha tomar comigo esta cerveja que eu mesma fiz, amigo!

O gala-gala foi e tomou uma tigela, duas tigelas, muitas tigelas de cerveja. Ficou completamente embriagado... E, nessa condição, perguntou à hiena:

– Amiga, me conta uma coisa...
– Sim?
– Você come muita carne, não? Adora carne, não é mesmo?
– Sim, é verdade.
– Se por acaso você me encontrasse morto no meio de uma trilha, você teria coragem de me comer?
– Nunca! – respondeu com veemência a hiena. – Eu jamais faria semelhante barbaridade! Só quero ser sua amiga!

Ouvindo as palavras da hiena, o gala-gala piscou os olhos pesados, algumas vezes, e voltou a beber cerveja.

Já não aguentando ingerir nem uma gota mais, o lagarto tomou o caminho de casa. Quando já havia andado mais ou menos a metade da distância, o sono falou mais alto e o gala-gala se deitou, fechou os olhos e dormiu.

Enquanto isso, a hiena pensava:
– Pobre amigo... Bebeu cerveja demais. Acho melhor eu ir a sua casa e verificar se ele chegou direitinho.

E tomou o rumo da casa do gala-gala, pela mesma trilha.

Não demorou muito e ela o encontrou bem no meio da trilha, deitado. Com uma mordida, levantou-o e perguntou, falando ente os dentes:

– O que você, tem, amigo? Está embriagado? Está apenas descansando?

O gala-gala percebeu aquilo tudo... E prendeu a respiração. A hiena virou-o de um lado, de outro... nada!

Apertando-o entre os dentes com mais força, ela o sacudiu e o jogou para o meio do matagal que margeava a trilha, fazendo-o cair perto de uma grande árvore.

Ela olhou para um lado da trilha, para o outro e, sorrateiramente, com a cabeça baixa e o olhar atento, entrou para o matagal em busca do gala-gala.

– Meu amigo morreu... – disse a hiena ao ver o corpo inerte do lagarto estendido no chão.

Imediatamente, recolheu e reuniu galhos secos que encontrou nas redondezas, acendeu a fogueira e pegou o gala-gala para assá-lo.

Percebendo o calor do fogo, o gala-gala chicoteou os olhos da hiena com sua cauda e subiu em alta velocidade na árvore.

Naquele momento rompeu-se para sempre a amizade entre os dois animais. A hiena até hoje ronda o solo em busca de comida e o gala-gala vive nas árvores a maior parte do tempo.

A vantagem do macaco

Conto malaio da África do Sul

Á África do Sul abriga há séculos uma significativa colônia do povo malaio, que para aí foi levado na condição de escravo. Sua cultura é viva e esse conto é uma expressão singular.

Era uma vez um macaco muito serelepe. Subia e descia das árvores o dia inteiro. Numa dessas subidas, uma farpa de madeira entrou bem na ponta de sua cauda de tal forma que, por mais que tentasse, não havia jeito de tirá-la dali.

Com o incômodo da dor, decidiu pedir ajuda. Foi à aldeia mais próxima e tão logo encontrou o barbeiro, pediu-lhe:

– Barbeiro amigo, ajude-me! Uma farpa de madeira entrou na ponta da minha cauda e não consigo tirá-la dali de jeito nenhum. Se você conseguir tirá-la, hei de pagar-lhe muito bem.

Com toda boa vontade, o barbeiro pegou sua navalha e tentou tirar a farpa da ponta da cauda do macaco. Mas, ao fazê-lo, sem querer, cortou a ponta da cauda!

– Ai! Ai! Ai! – Gritou desesperado o macaco!
– Se você não me devolver a cauda inteirinha, como era, vai ter que me dar sua navalha!

O barbeiro olhou, olhou, mas não havia modo de colar de volta a pontinha da cauda. Com tristeza, não teve remédio senão entregar ao macaco sua navalha.

Com a navalha na mão, o macaco tomou a caminho de sua casa, na floresta. Havia andado alguns minutos quando encontrou uma mulher idosa que cortava com dificuldade alguns galhos. Ele lhe perguntou:

– Senhora, esse trabalho não é duro demais?

E, antes que a mulher respondesse, ele emendou:

– Se a senhora usar essa navalha que trago aqui, poderá cortar os galhos muito mais facilmente.

A mulher aceitou o auxílio que vinha em boa hora, mas não havia cortado meia dúzia de galhos quando a navalha se partiu.

Enfurecido, o macaco gritou:

– Minha navalha! A senhora estragou minha navalha! E agora? Se não me der uma navalha novinha em folha, vai ter de me entregar toda a lenha que traz aí.

– Como é que vou arranjar outra navalha? – pensou a pobre senhora.

Ela entregou ao macaco toda a lenha que havia reunido, com lágrimas nos olhos.

– Venderei essa lenha no povoado e conseguirei um bom dinheiro! – pensava o macaco à medida que se dirigia à aldeia.

O pensamento foi interrompido somente quando viu, à beira do caminho, uma mulher preparando em um tacho algumas galinhas.

– Ei! Seu fogo está quase se apagando, mulher! Pegue essa lenha aqui para poder cozinhar mais galinhas!

Surpresa e agradecida, a mulher usou a lenha do macaco. Quando, porém, o último galho virou carvão, o macaco pôs-se a gritar:

– Mulher! Mulher! Que é que foi que você fez? Você queimou minha lenha toda? E agora? Quero todas essas galinhas como pagamento! Já!

Coitada! A mulher, claro, não tinha como devolver a lenha, que virara carvão. Entregou-lhe, triste, as galinhas que fizera com tanto gosto.

E mais uma vez, lá se foi o macaco, caminhando contente para o povoado.

Dessa vez, porém, algo terrível aconteceu: um cão feroz saltou do matagal para o meio do caminho, rosnando para o macaco.

Apavorado, o macaco tentou fugir com as galinhas. Não adiantou. O cão pulou sobre o macaco e mordeu tantas vezes e com tanta força que acabou por matá-lo!

Depois disto, comeu com voracidade todas as galinhas, deixando o corpo do macaco morto intacto, ali mesmo.

Coração-sozinho

Um conto de Moçambique

Moçambique fica na costa oriental da África Austral, banhado (a leste, portanto) pelo Canal de Moçambique e pelo Oceano Índico. Faz fronteira ao norte com Zâmbia, Malawi e Tanzânia, ao sul e a oeste com a África do Sul e a oeste com a Suazilândia e o Zimbabwe.

Em uma pradaria verdejante, em plena primavera moçambicana, um casal de leões viu sua família aumentada: a leoa deu à luz a três filhotes.

Ao nascer, cada um deles deu a si mesmo um nome.

O primeiro foi Coração-Sozinho.

O segundo, Coração-com-a-Mãe.

O terceiro, Coração-com-o-Pai.

Logo, os três começaram a caçar, seguindo sua natureza de predadores.

Coração-Sozinho encontrou um porco selvagem e o pegou, mas, sem ter ninguém que o ajudasse, porque o seu nome era Coração-Sozinho, deixou o animal escapar.

Coração-com-a-Mãe achou um porco selvagem também; sua mãe logo chegou para o ajudar a matar o animal. A leoa e o filhote comeram juntos o fruto da primeira caça de Coração-com-a-Mãe.

Não foi diferente com Coração-com-o-Pai: apanhou um porco selvagem maior que ele assim que saiu para a caçada. O pai veio logo ajudá-lo a matar o bicho. Assim fizeram e juntos o comeram.

Coração-Sozinho, por sua vez, encontrou outro porco selvagem. Apesar de pegá-lo, não conseguia matá-lo de jeito nenhum. Ninguém o ajudou. Ninguém...

Coração-Sozinho caçava sempre sem nenhum auxílio. E era malsucedido em todas às vezes. Foi emagrecendo, emagrecendo, emagrecendo, até que suas pernas já não sustentavam seu corpinho, que era só de ossos.

Coração-Sozinho morreu de fome.

Os outros dois irmãos cresceram, cheios de saúde, porque não tinham um coração sozinho.

O corvo e o coelho

Conto de Moçambique

Moçambique, país de clima tropical, tem o português como língua oficial. Suas principais riquezas são os produtos agrícolas, madeira, energia hidroelétrica, gás, carvão e minerais diversos.

Coelho e Corvo eram amigos de longa data. Passavam horas e horas juntos nas mais diversas atividades.

Desejosos de que o mundo todo soubesse de sua rica amizade, um dia tiveram a seguinte ideia: cada um deles levaria o outro nas costas, de aldeia em aldeia, de tribo em tribo, de nação em nação, para que todos soubessem de sua amizade!

Para começar, o Corvo carregou o Coelho, que era bem pesado.

Toda gente que os via logo perguntava:

– Ei! Corvo! O que é isso que você carrega nas costas?

– Não é "isso"! É este! Um nobre amigo que vem de um reino distante, além das montanhas e antes dos mares?

– Nobre? Oh!

Assim anunciou o Corvo o amigo Coelho em todos os lugares porque passaram.

Chegou a hora de se inveterem os papéis e o Corvo subiu para as costas do Coelho.

A pergunta das pessoas no primeiro povoamento que visitaram não foi outra:

– Ei! Coelho! O que é isso que você carrega nas costas?

– Isso? Ora, então não veem? Um punhado de penas pretas com um bico grande! – respondeu o coelho a rir-se muito da brincadeira.

O Corvo não gostou nadinha da brincadeira. Saiu triste das costas do Coelho e ali acabou a amizade dos dois.

A palmeira do deserto

Um conto do Magreb

Magreb é o nome de uma região do norte da África. Seus limites são o Mar Mediterrâneo ao norte, o Golfo de Gabés a leste, o Deserto do Saara ao sul e o Oceano Atlântico a oeste. A palavra Magreb significa poente ou ocidente, tendo como referência o mundo islâmico – em quase todo seu território predomina a religião muçulmana.

Vivia no Magreb, há muitos e muitos anos, um homem chamado Ben Sadok. Ele era a maldade em pessoa: sentia uma satisfação sem fim ao fazer o mal. De tão violento que era, não podia ver nada bonito sem que lhe viesse uma vontade incontrolável de destruir, destruir, destruir...

Após caminhar por dias sem ver nada além de chão seco e rochas, Ben Sadok chegou a um oásis. Que visão maravilhosa! No meio daquela secura de horizonte, um tesouro verdinho, verdinho... menos para Ben Sadok!

Em vez de aproveitar-se do frescor do oásis, Ben Sadok pisou em toda plantinha que viu, não dando nenhuma atenção às sementinhas que esmagava e aos caules e talos que partia. Foi então que aconteceu: ele viu a palmeirinha... Crescendo com vigor e energia, a jovem palmeira brilhou nos olhos maléficos de Ben Sadok.

Ele olhou em volta, procurando o utensílio ideal para concretizar a maldade que faria. Pisou em outras plantinhas, destruindo-as, até que saiu um pouco do oásis e achou: uma pedra marrom, disforme e, principalmente, muito pesada. Pegou a pedra, levou-a até a palmeira e colocou bem em cima de sua pequena e bela coroa, sem piedade.

Feito isso, Ben Sadok partiu a gargalhar, cheio de prazer em ter feito mais uma maldade.

A palmeirinha, coitada, sacudiu-se como pode, inclinou-se para um lado, para o outro, para a frente, para trás, tentando se desfazer daquele estorvo que era a pesada pedra que Ben Sadok depositara.

Pobrezinha! Não conseguiu de jeito nenhum! O terrível Ben Sadok pôs a pedra com tanta força que ela se encaixou na coroa. Por mais que tentasse, a jovem palmeira não tinha forças suficientes para desfazer-se dela.

Diante daquela situação tão difícil, a palmeirinha mudou os planos. Começou por arranhar o solo a seu redor. Foi arranhando, arranhando, escavando, escavando. E, apesar da pedra pesada em sua coroa, manteve-se em pé.

Como já não podia esticar suas folhas, foi lentamente afundando suas raízes, tão profundamente que encontrou os lençóis de água mais secretos do oásis!

As águas profundas que as raízes encontraram eram fresquinhas e ricas em minerais. Elas alimentaram e energizaram a palmeira, que ficou tão forte, tão forte, que cresceu com a pedra e tudo, ficando tão alta que nenhuma outra árvore do oásis lhe fazia sombra. A palmeirinha não era mais uma palmeirinha: era uma palmeira rainha.

Passaram-se anos. Ben Sadok, o malvado, voltou àquele mesmo oásis, e correu a procurar a planta doente que ele havia destruído, certo de alegrar-se com sua ação ruim. Buscou daqui, buscou dali, e não encontrou a palmeira com a pedra em cima.

A palmeira rainha, orgulhosa de seu tamanho e força, baixou sua coroa em direção a Ben Sadok. Mostrou-lhe a pedra aí alojada e disse: "Ben Sadok, só tenho que agradecer-lhe! Sua carga tornou-me forte."

Ben Sadok saiu dali desorientado e nunca mais foi visto.

O leão peregrino

Um conto da cidade de Túnis

Túnis é a capital da Tunísia, país que faz parte do Magreb. É dessa bela cidade às margens do Mar Mediterrâneo que nos chega essa história da peregrinação do Leão.

Certo dia, um Lobo, que acreditava ser muito esperto, decidiu pregar uma peça no poderoso Leão, que então nunca mais o importunaria.

Ele se aproximou cautelosamente do Leão, buscando tratá-lo como a um velho amigo, e entabulou uma conversa com ele:

– Leão?
– Sim?
– Tive uma ideia: vamos fazer uma peregrinação!
– Peregrinação?! – Meu filho, peregrinação para onde?

– Você vai comigo a um lugar muito especial! Vou levá-lo comigo a um caminho na floresta, por onde você vai peregrinar.

– Huuuummmm, de acordo. Então, vamos logo!

Em certo ponto do caminho, o Lobo levou o Leão até uma rocha furada, que tinha um buraco de bom tamanho. Decidido, o Lobo passou pelo buraco e, logo que saiu pelo outro lado, disse:

– É a sua vez, Leão, passe pelo buraco você também! Se não tiver cometido nenhum pecado, será purificado e irá embora. Será o fim dessa peregrinação!

O Leão olhou para o buraco da grande rocha, pensou e lenta e cuidadosamente dirigiu-se para ele. O Lobo, percebendo a desconfiança do outro, encorajou-o:

– Entre, Leão! Entre!

E pensou: "... entre até que sua grande juba e seus fortes músculos frontais possam ser vistos lá na parte de trás da rocha..."

O Leão entrou no buraco. E entalou! Não se mexia mais, nem para a frente, nem para trás! O Lobo, rindo muito, falou:

– Acabou sua peregrinação, Leão? Pois fique bem quietinho aí!

E, de um só golpe, cortou um pedaço da carne do Leão, do seu músculo traseiro. Feito isso, caminhou tranquilamente até ficar bem na frente do Leão, até sentir-lhe a respiração quente de suas enormes narinas. Ergueu-se orgulhoso e disse:

– Boa noite! Volto agora mesmo para casa, para descansar dessa peregrinação...

Mas assim que deu meia volta para ir embora, o Leão esticou suas patas dianteiras e cortou a cauda do Lobo, rugindo como só os leões sabem fazer.

– Veja bem, Lobo: agora, você está marcado! Eu poderei reconhecê-lo em qualquer parte!

O Lobo se foi. No caminho de volta para sua casa, o medo começou a fluir por todo o seu corpo...

– O que eu farei agora? O Leão emagrecerá, mais cedo ou mais tarde, e escapará da grande rocha furada e me comerá!

O medo do Lobo foi crescendo, crescendo, crescendo, até que ele adoeceu. Já não saía de sua toca, com medo de tudo. E de medo ele acabou morrendo.

Fale menos!

Um conto da cidade de Túnis

Túnis fica às margens do Golfo de Túnis, no Mar Mediterrâneo. Seu centro tem como destaque a almedina (conjunto de monumentos históricos) e não distante delas encontram-se os subúrbios da lendária Cartago.

Certo dia, o Lobo disse para a Raposa:
– Você sabia que o Leão adoeceu? Pois é... Está muito doente mesmo! É nosso dever visitá-lo. Vamos lá!

– Você tem toda razão! – respondeu a Raposa.

– Mas preste atenção, Raposa: você dirá apenas o seguinte: "Que a paz esteja com você, Leão! Como você está se sentindo? Que aconteceu?" Faça somente essas três perguntas, espere que ele as responda e, então, vamos embora!

– De acordo!

Andaram, andaram, andaram, até que, por fim, chegaram à toca do Leão. A Raposa foi logo disparando:

– Que a paz esteja com você, Leão! Como você está se sentindo? Que aconteceu?

– Que a paz esteja com você também! – respondeu o Leão com movimentos lentos. – Estou mesmo um tanto doente...

O Leão mal teve tempo de completar a frase e a Raposa começou a falar com o Leão sem parar, sem lhe dar tempo sequer para responder às perguntas que ela fazia no meio do seu discurso.

O Sol começava a declinar no horizonte e a luz diminuía lentamente na toca do Leão. Percebendo ser tarde, o Lobo lançou para a Raposa um olhar de reprovação, a indicar-lhe que era hora de ir embora.

O Raposa nem ligou para o Lobo, pois gostava de falar, não queria ir embora de jeito nenhum. Simplesmente, continuou a falação!

Uma vez mais, o Lobo olhou muito feio para ela... E de novo... E outra vez... E a Raposa nada de lhe dar atenção. Pelo contrário, disse ao Leão, sem olhar para o Lobo:

– Você sabe qual é o remédio mais eficaz para essa sua doença, sabe?

– Não. Qual é?

– Sangue de lobo...

Ouvindo aquilo, o Lobo ficou apreensivo. Que poderia ele dizer então para o Leão? Pensou rapidamente e disse:

– Muito bem! Se o meu sangue pode curar você, Leão, façamos uma ferida em mim para que você possa lamber meu sangue. Mas o que é bom mesmo para essa sua doença, o verdadeiro remédio para o mal que o aflige, é fígado de raposa...

Com um rugido e sem demora, o Leão feriu o Lobo e lambeu avidamente seu sangue. Mal havia terminado quando voltou-se para a Raposa e zás! Degolou-a de um só golpe, comeu seu fígado e jogou fora o resto do seu corpo.

Ferido, o Lobo voltou para casa. Já a Raposa... não voltou mais!

O touro roubado

Um conto do Magreb

Ao tempo do Império Romano, o Magreb era conhecido pelo nome de África Menor. Seu nome, que significa poente, opõe-se a Machrek, que significa nascente e abrange do Egito ao Iraque, mais a Península Arábica.

Em uma noite escura como há muito tempo não se via, um homem tomou uma decisão: roubar o extraordinário touro da tribo vizinha.

Era um animal magnífico: forte, altivo, destacando-se entre seus pares no estábulo em que vivia.

O homem dirigiu-se a esse estábulo sorrateiramente, na calada da noite escura. Aí chegando, topou com um primeiro obstáculo: o cão de guarda, sempre vigilante e cuidadoso. Sabedor de que encontraria essa dificuldade no caminho, o homem sacou de sua sacola um bocado de tripas de carneiro frescas, que jogou para o cão. O cão logo esqueceu de sua função, deliciando-se com aquela iguaria.

O obstáculo seguinte eram os arbustos espinhosos da cerca do estábulo. Com muito cuidado para não se ferir, nem ao touro, o ladrão afastou os ramos, abriu uma passagem nela sem fazer nenhum barulho, passou uma corda pelo pescoço do touro e com ele saiu dali.

O touro, manso, manso, se deixava levar pelo homem, muito sossegadamente. Atravessaram um riozinho, subiram uma colina e então entraram num grande bosque de carvalhos.

Quando o ladrão chegava ao limite do bosque, sempre puxando o touro roubado pela corda, viu uma luz avermelhada através dos galhos.

– Que será isso? Hummm, não posso estar enganado... é Sidi El Rerib, o santo!

Sidi El Rerib, dizia o povo, era um ermitão que havia montado sua cabaninha em um lugar remoto, que alguns julgavam ter visto, sem certeza. Falava-se que ele tinha poderes tão especiais quanto estranhos, como ler os segredos dos corações, fazer mover e mesmo viver a matéria inerte.

O ladrão, inquieto, hesitou... E não se atreveu a sair do bosque por ali. Muito cuidadosamente, e torcendo para o touro não fazer nenhum ruído que chamasse a atenção do ermitão, ele desviou-se do caminho e, com passos acelerados, embrenhou-se em uma trilha que conhecia, mas que sabia ser bem difícil.

À medida que andava, quase corria, sentia os galhos dos carvalhos lhe batendo no corpo e, vez por outra, trombava em seus troncos. Ouvia todo o tempo a respiração do touro bem detrás dele, uma respiração calma e regular.

Ele ia chegando ao limite do bosque quando viu a mesma luz vermelha. O coração do ladrão disparou!

– Será que são os olhos do santo ermitão a brilhar? – pensou.

Acalmando-se, refletiu sobre a situação e concluiu, dizendo baixinho para si mesmo:

– Ora essa! A única explicação possível é que andei esse tempo todo em círculos! Sem me dar conta do caminho percorrido, vim parar no mesmo limite do bosque!

E, partiu novamente, andando no bosque escuro. As trilhas desconhecidas o enganavam a cada passo, os espinhos dos arbustos rasgavam suas roupas e ele acabou se ferindo.

Por muito pouco, não caiu em um precipício. Pedras soltas rolaram no abismo bem debaixo de seus pés. Se o ladrão não tivesse se agarrado à corda que o unia ao touro roubado, teria sido seu fim!

Quando voltou ao bosque, andando pra lá e pra cá, já meio perdido, acreditou ter visto uma montanha que conhecia... Engano! Outra vez, chegou ao mesmo limite do bosque. Outra vez, a luz vermelha a brilhar...

Enlouqueceu! Em pânico, mas sem largar o touro, afundou-se uma vez mais no bosque de carvalhos, totalmente apavorado!

– Que é isso? Que é isso? – o ladrão se perguntava em pensamento, ofegante em sua respiração acelerada.

De quando em quando, tocava com as pontas dos dedos os braços e o rosto, para ter certeza de que continuava vivo e acordado.

Não demorou muito e o passo acelerado virou uma corrida.

Então, ouviu bem por trás de si uma voz muito serena a perguntar-lhe:

– Para onde você vai?

O homem não teve força para virar-se: correu como nunca antes havia corrido, sem largar a corda que prendia o touro. Correu tanto, tanto, que acabou caindo, já sem energia para mais um passo. Sangrava muito, com os membros do corpo verdadeiramente dilacerados!

Quando enfim conseguiu recuperar um fio de razão, ouviu a mesma voz de antes, tranquila, que lhe perguntava, bem de pertinho:

– De onde é que você vem correndo? Do que você espera fugir?

O ladrão caiu ajoelhado e sua mão finalmente soltou a corda. Sabia que dali não sairia. Sabia que alguma coisa muito especial estava acontecendo e ele não poderia em nenhuma hipótese livrar-se daquilo...

Então, lentamente, ele se virou.

Bem de trás dele, em pé, estava o santo ermitão, a olhá-lo fixamente, com aquela luz vermelha brilhando ao redor de seus olhos. E, importante, a corda que segurava o touro pendia em torno do seu pescoço!

Passou-se a noite, o dia amanheceu como todos os dias. Lá pelas tantas, homens que caminhavam pelo bosque encontraram o corpo inerte do ladrão. Morto. Seu estômago estava aberto em dois lugares. Talvez atravessado por estacas, imaginaram alguns, ou por espetos de ferro. Mas a opinião mais corrente era de que o homem tivera o corpo furado pelos chifres de um touro...

O nascimento da morte

Um conto masai

Com quase um milhão de habitantes, os masai constituem um expressivo grupo étnico, que habita o Quênia e também o norte da Tanzânia. São seminômades e, por isso, são autorizados a transitar livremente entre os dois países.

Não havia morte no início dos tempos.
Então, o deus Naiteru-Kop colocou no mundo o primeiro homem, chamado Leeyo, dando-lhe a seguinte instrução:

– Quando um homem morrer, você deverá preparar seu corpo com cuidado. Lembre-se sempre de dizer, nessas ocasiões, estas palavras: "O homem morre, mas regressará; a Lua morre e ao longe permanecerá".

Passaram-se dias, semanas, meses... nada morria!

Um dia, enfim, o filho de um dos vizinhos de Leeyo recebeu a visita da morte. Imediatamente, avisaram-no do acontecido e ele se dirigiu à cabana ao lado para preparar as honras fúnebres.

Começou o ritual, durante o qual recitou calmamente as palavras mágicas que lhe haviam sido transmitidas. Mas cometeu um erro grave! Ele disse:

– A Lua morre, mas regressará; o homem morre e ao longe permanecerá.

A criança não sobreviveu à morte que chegara, nem nada mais daí por diante venceu a morte.

Passado um tempo, o filho de Leeyo encontrou a morte também.

Com uma tristeza nunca antes sentida, o primeiro homem criado e posto no mundo recitou as palavras mágicas para o querido filho, cuidadosamente:

– O homem morre, mas regressará; a Lua morre e ao longe permanecerá.

Impassível, o deus Naiteru-Kop, que tudo via e ouvia, pronunciou-se ao término da recitação de Leeyo:

– Tarde demais. Do dia em que você fez a terrível confusão em diante, a morte nasceu entre vocês.

E, desde então, nenhum ser humano volta após sua morte. Ao contrário da Lua, que, depois de desaparecer, sempre volta ao mundo dos vivos.

A lenda do café

Um conto etíope

Segunda nação mais populosa de toda a África, a Etiópia é também um dos mais antigos países do mundo. Fica na porção oriental do continente, dentro do chamado chifre da África, tendo por países limítrofes Djibuti e Eritreia ao norte, Somália a leste, Quênia ao sul e Sudão a oeste.

Kaldi era o nome de um pastor de cabras que viveu há alguns séculos na Etiópia.

Um dia, ele notou que os animais de seu rebanho tinham um comportamento incomum. Ele seguia pelos caminhos habituais, mas as cabras, muito agitadas, pareciam relutantes: seguiam para a frente para logo voltarem, paravam para abaixar-se um pouco e logo pareciam querer erguer-se além de sua baixa estatura.

De volta para o sítio, o pastor observou que, durante a noite toda, aquela agitação não parava.

Foi só depois de o Sol nascer que o rebanho enfim deu mostras de estar mais calmo. E então o pastor, sonolento por conta da noite tão mal dormida, reconduziu suas cabras com humildade para as pastagens.

Uma espécie de cerejeira pequenina, mais para arbusto que para árvores, carregadinha de frutas maduras, chamou a atenção de Kaldi, que parou para comer algumas.

Mal ele havia mastigado a primeira cereja que pôs na boca e, de novo, o comportamento dos animais se alterou. Como no dia anterior, as cabras mostravam-se nervosas e desorientadas.

O pastor olhou bem as frutinhas que ia comer.

– Será que foram elas que mudaram tanto minhas cabras? – pensou.

Com cuidado, provou um pedacinho da cereja e a primeira coisa que observou foi que não se tratava de cerejas! O sabor era mesmo bem ruim.

Todavia, percebeu que o cansaço e a sonolência provocados pela noite em claro que enfrentara desapareceram imediatamente, substituídos por uma energia renovada, que o fazia desejar ação!

O pastor escolheu alguns galhos com bastantes frutos e os recolheu, quebrando-os delicadamente. Feito isso, pôs-se em marcha em direção a um mosteiro que havia não muito longe dali. O rebanho o seguia a passo firme.

Assim que chegou, Kaldi foi levado ao abade, mas suas cabras ficaram com um grupo de monges.

O pastor contou ao abade sua descoberta, que achou bem curiosa.

– Vamos à cozinha do mosteiro! – convidou o abade.

Aí chegando, colocou um galhos com algumas daquelas frutinhas vermelhas em uma espécie de panela com água e a levou cuidadosamente ao fogo. Uma vez fervidas, o monge as provou, mas eram tão desagradáveis, tão desagradáveis, que ele jogou o galho todo sobre o fogo!

Foi aí que algo muito especial aconteceu...

A cozinha inteira ganhou um aroma delicioso, a partir do fogão onde se queimavam as frutinhas.

Entusiasmado, o autor decidiu repetir o feito, obtendo igual resultado.

Pegou então aqueles grãos tostados que resultaram da queima das frutinhas e preparou um infusão extremamente aromática, tanto que atraiu os narizes dos monges do mosteiro todo!

Assim nasceu o café, que deixou a Etiópia para ganhar o mundo. Experimentado acidentalmente por cabras, descoberto por um pastor, tostado por um abade e celebrado por monges!

Ole Partukei

Um conto masai

Os masai têm características bem peculiares. Sociedade patriarcal, sua principal fonte nutritiva vem do gado que cria. E eles sempre vestem alguma peça de roupa vermelha!

Era uma vez um guerreiro chamado Ole Partukei. Distinguia-se por ser muito alto e muitíssimo forte, caracaterísticas comparáveis apenas a seu enorme apetite.

Ele vivia com outros guerreiros de sua comunidade, os quais não comiam nada além de carne.

Um dia, deixou sua aldeia natal e foi morar na floresta. Mas não foi sozinho: levou também Murunya Nkiyiaa, seu criado.

Com o passar do tempo, Ole Partukei foi perdendo os hábitos de sua comunidade, à medida que foi adquirindo hábitos selvagens.

Ao invés de falar, emitia grunhidos que mais pareciam vir de bichos do que de gente. Na hora de dormir, nada de cama ou esteira: era sob alguma árvore ou arbusto protegido que ele se deitava. Nem mesmo roupas usava mais.

Os animais nem chegavam perto do local que ele fazia de "casa" – na verdade, um covil parecido com o de muitos outros animais. Tinham medo dele.

E esse local mudava de lugar sempre, pois Ole Partukei era nômade. E este era um problema sério para cada novo vizinho da floresta que encontrava, pois ele não hesitava em saquear tudo que essa pobre gente reunia para garantir o próprio sustento.

As expedições de Ole Partukei envolviam até mesmo a morte de animais, como vacas.

As poucas testemunhas de suas façanhas eram desacreditadas, até que mostrassem as provas dos roubos cometidos e relatassem a visão daquele gigante selvagem e feroz que corria pelado na floresta.

Um dia, ele e seu servente Murunya acharam um rebanho rico, com bois e vacas fortes. Estudaram-no até que, no período da tarde, decidiram avançar sobre ele. O guerreiro que tomava conta do gado percebeu a aproximação do gigante nu em direção a um belo boi, gordo e com um pelo vistoso.

Por um instante, segurou na mão direita a espada, mas o medo diante daquele homem enorme e feroz foi mais alto e, rapidamente, escondeu-se por trás de um amontoado de arbustos.

E daí assistiu ao espetáculo: o gigante pegou o boi pelo rabo com uma mão apenas e o arrastou dali, como se fosse uma lebre ou uma raposa. Um homem normal não faria aquilo nunca!

O guerreiro do rebanho estava assustado, mas seu orgulho voltou junto com a noção de que era responsabilidade sua cuidar daqueles animais. De um salto, lançou-se nas costas de Ole Partukei e enterrou-a em seu ombro.

O gigante não se mexeu. Pensou que era o criado que tocara em seu ombro...

– Que foi, Murunya?

– Nada... – o criado não viu o ataque do guerreiro e não entendeu a pergunta do patrão.

Ole Partukei, sem perder tempo, quebrou o pescoço do boi que roubara com se quebrasse um graveto e o arrastrou para dentro da mata, até seu covil mais recente. Aí é que percebeu que algo escorria em suas costas.

– Estou suando muito hoje, eu acho – disse o gigante ao criado. – Procure alguma coisa para eu me secar e me traga.

Quando Murunya chegou com um punhado de folhas macias, viu o ferimento fundo nas costas do patrão e lhe contou:

– Não é suor não, patrão... é sangue! Tem uma espada encravada em seu ombro, uma espada de guerreiro!

De um só golpe, Ole Partukei arrancou do ombro a espada, jogando-a tão longe que não se via onde teria caído. O ombro? Ele não sentia dor nenhuma e não parecia ter sido afetado em seus movimentos pelo ataque.

– Quem me fez isso? – bradou o gigante num misto de voz e rugido.

– Não faço ideia, patrão. Talvez algum guerreiro que guardasse o rebanho.

Apesar de não sentir dor nenhuma, Ole Partukei estava furioso como uma fera ferida. Gritando todos os palavrões que tinha na memória, levantou-se imediatamente e seguiu pelo mesmo caminho que os levara, ele e o criado, àquele rebanho.

Seu objetivo era um só: vingança...

O guerreiro do gado, por sua vez, voltou para sua aldeia, orgulhoso do feito e, já de noite, ao redor da fogueira, contou aos outros seu grande feito.

– Esse gigante de uma figa recebeu uma lição que não deve esquecer tão cedo!

Seus amigos, ao término da história, não se mostravam orgulhosos nem felizes, mas sim apavorados:

– Você sabe o que fez? Sabe? Você nos meteu em uma grande enrascada!

Sem dúvida... Ole Partukei seguiu as pegadas do rebanho até a aldeia e, no instante em que se dava essa conversa em torno do fogo, ele saltou a cerca e os atacou de surpresa!

Os guerreiros ali reunidos fugiram em todas as direções, atarantados com aquele ataque de improviso.

Rápido como uma ave de rapina, o gigante pegou pela perna o guerreiro que contava aos outros, todo prosa, sua façanha, rodopiou-o no ar várias vezes até lançá-lo bem longe sobre um agrupamento de arbustos espinhosos.

Insatisfeito, arrancou uma grande árvore pela raiz, brandiu-a no ar como se fosse uma maça e a arremessou contra os fugitivos guerreiros.

Ole Partukei só parou quando aldeia era um amontoado de escombros com corpo dilacerados por toda parte. E, satisfeito, voltou para a floresta.

Passaram-se anos.

Uma seca prolongada atingiu as terras dos masai. As luas vinham e iam e nada de chuva, nada de água... Os masai e seu gado morriam de sede. Todos decidiram então reunir seus pertences e partir em busca de pastos verdejantes onde seus animais pudessem engordar e onde eles pudessem viver.

Todos menos uns poucos. Dentre eles, Lankas, que optou por permanecer ali.

Havia um único sítio que continuava verde mesmo durante a seca avassaladora: a floresta. Mas a floresta tinha dono: Ole Partukei. Por sorte, Lankas e o gigante tinham sido bons amigos antes de este deixar a comunidade para viver na mata, no tempo que ambos eram apenas guerreiros.

Decidido, mas bem nervoso, Lankas dirigiu-se à floresta com o firme propósito de convencer o velho amigo a permitir que seu rebanho aí pastasse.

– Em nome de nossa velha amizade, Ole Partukei, peço-lhe que deixe meus animais pastarem aqui – começou Pankas assim que encontrou o gigante. E continuou: – Reconheço, como todos, que você é o senhor da floresta, e só venho aqui fazer-lhe esse pedido porque atravesso um período de dificuldade imensa, pois a chuva não veio.

– Amigo Lankas! Será para mim uma satisfação dividir a floresta com você, que é livre para percorrê-la em segurança com seu gado. Traga seus animais quando quiser, cabras, ovelhas, bois e vacas... – disse Ole Partukei com um brilho voraz nos olhos.

Assim o antigo guerreiro conduziu seu rebanho para a floresta, aliviado por não precisar ir para longe e, principalmente, por não ver seus animais morrerem de sede.

Hábito dos masai, Lankas ofereceu ao amigo o touro mais bonito de todo seu rebanho, como forma de selar o acordo feito.

Tudo ia bem. Um dia, porém, em uma de suas andanças pela mata, o gigante topou com alguns animais de Lankas, que pastavam calmamente. A impressão produzida aos olhos de Ole

Partukei não poderia ter sido melhor: sadios, bem alimentados, os animais como que reluziam.

– Hum! Os bois de Lankas são mesmo extraordinários... São os mais belos animais que existem em minhas terras – pensou o gingante. – Mas por que é que ele tem tantos animais e eu não tenho nenhum? Fui tão generoso com ele, deixando que seus rebanhos pastassem livremente em minha propriedade... seria justo que ele dividisse comigo seus animais...

Esse pensamento e outros se tornaram mais e mais frequentes na mente de Ole Partukei. E ele ficou atento àquela verdadeira riqueza do amigo.

Veio então uma oportunidade singular: Lankas viajou. O gigante não pensou duas vezes: já estava de olho em um belo touro com manchas marrons no dorso, que ele roubou, levou para seu covil e o devorou inteiro!

A fome não demorou a voltar – uma vez mais, Ole Partukei escolheu um belo animal e dele não restou nem um mugido. E repetiu a dose com um terceiro animal.

Lankas voltou de sua viagem. E não acreditava no que via.

– Meus animais...! – gemia, aos prantos. – Eu dei o mais precioso touro a Ole Partukei e é assim que ele me paga? Matando três dos mais belos animais de meu rebanho, aproveitando-se de minha ausência? É assim que ele trata seu velho amigo? Como seu pior inimigo?

Lankas mastigava as palavras com ódio na voz e nos olhos, ódio que só crescia, até que falou com voz gutural:

– Juro pelo sangue do touro que selou nosso pacto que a vingança virá. Ah! Virá!

Deixou a floresta e procurou um velho caçador conhecido seu, que também não se fora em busca de outras terras. Com ele, conseguiu flechas envenenadas, oferecidas com alegria: o caçador queria mais era ver Ole Partukei bem longe dali, pois ele espantava todos os animais, prejudicando suas caçadas.

Em poder de suas poderosas armas, Lankas seguiu o rastro de Ole Partukei até seu covil.

Com o corpo enorme esparramado no chão, o gigante comia os últimos pedaços de um hipopótamo. Lankas instalou-se furtivamente em um galho não muito alto de uma árvore, posição muito favorável para o disparo de suas flechas.

A primeira flecha passou zunindo no ouvido do gigante; a segunda roçou-lhe o ombro; a terceira, porém, foi certeira: cravou-se no braço de Ole Partukei.

O rugido do gigante fez balançar as folhas das árvores no entorno do covil. Seu olhar percorreu cada centímetro dos arredores, mas ele não enxergou Lankas, que estava bem escondido.

Ele arrancou a flecha do braço e viu que ela era envenenada, pois sua ponta era preta e viscosa. Ligeiro, amarrou o braço com uma tira de couro de boi exatamente sobre a ferida e gritou para o criado:

– Traga logo as ervas medicinais e prepare o antídoto para o veneno preto, aquele com a bexiga de um novilho e sua gordura. Rápido! O veneno não tarda a fazer efeito!

Murunya era conhecedor da medicina dos masai e não demorou nada para fazer o remédio, que o gigante tomou de um só gole, pois a dor já vinha crescendo.

Minutos depois, a dor cedeu e em muito pouco tempo ele já não sentia nada. Seu braço estava tão forte como sempre fora!

No dia seguinte, Lankas voltou sorrateiramente ao covil do inimigo, para ver se o veneno tinha surtido efeito. Qual não foi sua decepção ao encontrar o gigante firme, devorando um javali e esbanjando saúde? Enorme!

Mas não se intimidou... encontrou uma forma de aproximar-se ainda mais do seu alvo, sem ser notado, preparou a flecha e a disparou, acertando exatamente na articulação do tornozelo.

Ole Partukei imediatamente jogou-se no chão, rolando pelo covil imundo com o sangue dos animais que comia, gritando de dor e contorcendo-se. Ele tentou em vão arrancar a flecha, mas, pela proximidade com que fora desferida, estava muito bem cravada – a ponta da flecha penetrou o osso!

Logo o veneno começou a desempenhar sua tarefa. À medida que se esparramava por seu corpo enorme, ele agonizava.

Vendo que o gigante não tinha escapatória, que ele fora bem-sucedido, Lankas fugiu mata adentro.

O criado até preparou o antídoto, com a melhor das intenções: salvar o patrão. Este bebeu tudinho, mas de nada adiantou. Ole Partukei soube que sua morte era inevitável.

Sem esperança, preferiu enfrentar a morte na condição de um grande guerreiro, como o fora no passado. Com essa firme decisão, mandou o criado atender seus últimos pedidos: trazer-lhe seu escudo, sua lança, seus adereços de cabelo e sua pele de leão.

– Agora, vista-me, Murunya – disse o gigante. Vista-me como nos tempos da juventude, quando eu era um grande guerreiro.

O criado obedeceu, triste, às últimas ordens do patrão. Caprichou em cada detalhe. Colocou nele os colares, os braceletes, as pulseiras, o adereço de penas de avestruz e a pele de leão. Encaixou em seu braço enorme o escudo com a estrela branca. E por fim entregou-lhe a lança com a ponta afiadíssima.

Com toda força que conseguiu reunir, Murunya ergueu o patrão, vestido para uma batalha tão terrível quanto gloriosa, e o apoiou no tronco de uma grande árvore.

Quando o Sol fugiu em meio ao crepúsculo, Ole Partukei uniu seu espírito aos espíritos de seus antepassados.

Lankas regressou no dia seguinte para ter a certeza de que fora bem-sucedido. Nada encontrou. Ninguém. Nem o gigante, nem o criado. Apenas montes de ossos, que formavam pequenas colinas.

De volta à sua aldeia, Lankas contou a todos o ocorrido. E desde então, as suaves colinas que até hoje se veem nas terras dos masai são chamadas de Ole Partukei.

Bibliografia

ABRAHAMS, Roger. *African folk tales*. New York: Pantheon, 1983.

BELCHER, Stephen Paterson. *African myths of origin*. Londres: Penguin Classics, 2006.

ELLIOT, Geraldine. *Where the leopard passes: a book of African folk tales*. New York: Routledge and K. Paul, 1966.

FRANCESCH, Alfredo. *Cuentos y leyendas masai*. Madri: Miraguano, 1997.

FROBENIUS, Leo; FOX, Douglas C. *African genesis: folk tales and myths of Africa*. New York: Dover, 1999.

MHLOPHE, Gcina; GRIFFIN, Rachel. *African tales*. Cambridge, MA: Barefoot Books, 2009.

TRAUTMANN, René. *Los cuentos pasan... Leyendas e imágenes de la Costa de los Esclavos*. Palma de Mallorca José J. de Olañeta Editor, 2007.

VERNON-JACKSON, Hugh; GREEN, Yuko. *African folk tales*. New York: Dover, 1999.

Impresso por:

Graphium
gráfica e editora
Tel.: 11 2769-9056